AF491128

Brooks
Tentation interdite au ranch

SOUS LE CIEL DES FARRADAY ∘ BOOK 2

CHRIS KENISTON

Indie House Publishing

Ce livre est une œuvre de fiction. Les noms, personnages, lieux et événements sont le produit de l'imagination de l'auteure ou sont utilisés de manière fictive. Toute ressemblance avec des événements, lieux ou personnes réels, vivants ou décédés, serait purement fortuite.

Indie House Publishing

CHAPITRE UN

Brooks Farraday arracha ses gants chirurgicaux et les jeta à travers la pièce. Il avait fait tout ce qu'il pouvait pour stabiliser cette femme de quatre-vingts ans, mais Sam avait trop attendu avant d'amener Liza. Avec le centre médical le plus proche capable de pratiquer une chirurgie cardiaque d'urgence à plus d'une heure de route, Brooks ne pouvait plus rien faire. La frustration le dévorait tandis qu'il traversait la pièce, ramassa les gants par terre et les jeta violemment dans la poubelle. Bon sang, il détestait les journées comme celle-ci.

La dernière chose qu'il voulait était de faire face à Sam. La semaine dernière encore, toute la ville s'était rassemblée pour leur soixantième anniversaire de mariage. Le cabinet médical de Brooks était modeste : une salle d'attente, une cuisine convertie en laboratoire, un placard surdimensionné qui tenait lieu de bureau, et deux salles d'examen. Même les couloirs du Taj Mahal n'auraient pas été assez longs pour retarder l'inévitable. Regroupés devant lui, Sam et la poignée de ses huit enfants et leurs conjoints qui vivaient encore en ville ou à proximité le regardaient. Malgré tous ses efforts au fil des ans pour ne montrer aucune émotion, la perte devait se lire sur son visage. Deux des filles éclatèrent en sanglots.

— Je suis vraiment désolé, dit-il.

Les cheveux gris et au corps sec et nerveux, Sam baissa le menton. — Tu as fait tout ce que tu pouvais. Je le sais bien. Liza et moi te remercions pour ça. Le vieil homme tourna les talons et sortit avant que Brooks ne puisse lui proposer de faire ses derniers adieux.

— On savait que ce jour viendrait, Brooks. Le cœur de

maman la menaçait depuis presque une décennie. Le fils aîné de Sam et Liza lui tapota le bras, balaya la petite pièce du regard, puis se détourna. — Je ferais mieux de rattraper papa.

Dans un tourbillon de mouvements, les frères et sœurs restants offrirent quelques mots avant de courir après leur père.

Nora Brown, son infirmière, s'approcha derrière lui. — J'ai appelé Andy des pompes funèbres. Il est en route.

Brooks baissa la tête. Il était censé sauver des vies.

— Aussi, Meg a appelé pour te rappeler au sujet de son amie. Elle a suggéré que ce soir serait un bon moment pour les rejoindre pour dîner.

Fermant les yeux, il laissa échapper un soupir fatigué. Il n'était pas d'humeur à socialiser.

— Elle a aussi dit de te dire que vendredi soir conviendrait également si tu préfères.

Sa future belle-sœur semblait capable de lire dans ses pensées à travers la ville avant même qu'il ne sache ce qu'il pensait. Que Dieu vienne en aide à son frère Adam. Anticipant l'arrivée de son amie d'université pour le mariage, Meg sautillait depuis des jours comme une petite fille avec une nouvelle corde à sauter. Mais hier, elle l'avait appelé, inquiète du comportement étrange de son amie, et avait demandé à Brooks de passer dîner pour voir s'il le remarquait aussi. Il hocha la tête à Nora qui attendait patiemment une réponse.

— Merci. Je vais lui don—

La porte d'entrée s'ouvrit brusquement et Paul Brady entra en trombe. — C'est le moment, doc. Betty Sue, elle est dans la voiture. Dit qu'elle ne bouge pas. M'a envoyé vous chercher.

Brooks fit volte-face, criant par-dessus son épaule : — Depuis combien de temps a-t-elle des contractions ?

— Sais pas. Mais les douleurs arrivent toutes les cinq minutes.

En trottant vers la voiture inclinée maladroitement avec une roue sur le trottoir, Brooks sourit presque devant ce stationnement délirant. Nouveaux parents.

Le futur père le devança jusqu'au véhicule, ouvrant brusquement la porte côté passager.

— Salut, Doc, dit Betty Sue entre ses dents serrées.

— Comment ça va ? Tu crois qu'on peut te faire entrer ?

Betty Sue respira profondément à travers une contraction, hochant la tête, puis laissa échapper un long souffle. — Ce que je veux vraiment, c'est pousser, mais si tu me donnes un coup de main. Elle tendit le bras et se pencha en avant. — Avec Ricky Ricardo ici pour m'aider, je n'étais pas sûre qu'on y arriverait.

Cette fois, Brooks rit doucement à la référence à I Love Lucy. Il n'avait aucun mal à imaginer Paul Brady s'agitant comme le fit Ricky Ricardo dans la série quand son fils naquit. — Au moins, il ne t'a pas laissée derrière, dit-il avec un sourire nonchalant tout en passant son bras autour de Betty Sue pour l'aider à se mettre debout. C'est alors qu'il surprit le regard furieux qu'elle lançait à son mari. — Il ne l'a pas fait ?

— Si. À mi-chemin de la route avant de faire demi-tour pour me récupérer. Betty Sue atteignit le seuil avant de se plier en deux sous une autre contraction.

— Respire, l'encouragea Brooks. Selon son estimation, ses contractions n'étaient espacées que de deux ou trois minutes. S'ils ne se dépêchaient pas de l'installer, il pourrait très bien devoir accoucher ce bébé sur le trottoir. — Depuis combien de temps es-tu en travail ?

La femme très enceinte expira un autre souffle profond. — Je me suis réveillée vers cinq heures ce matin avec des contractions de Braxton Hicks, mais vers sept heures, j'ai réalisé que c'étaient de vraies contractions. Pas trop rapprochées. Je m'étais préparée pour une longue journée. Elle avança dans la salle d'attente. — Mais il y a environ une heure, elles ont commencé à venir très vite.

— Eh bien, on dirait que, pour un premier bébé, Paul Junior est pressé.

Andy, des pompes funèbres, entra par la porte ouverte et s'arrêta net. Il eut le bon sens d'attendre que Brooks et sa patiente aient dépassé la première salle d'examen avant de chercher des réponses auprès de Nora.

— Salle un, fut tout ce que dit Nora.

Dans la seconde salle d'examen, Brooks et Paul installèrent Betty Sue sur le lit. Légèrement plus grande que la salle d'examen numéro un, avec un joli lit et quelques décorations chaleureuses à proximité, cet espace faisait aussi office de salle d'accouchement. Derrière eux, Nora entra et installa l'oxygène. Au cas où.

— Laisse-moi examiner. Comme Brooks s'y attendait, Betty Sue était complètement dilatée et effacée. Bébé Paul était prêt à faire son entrée. — Je sais que tu veux pousser, mais j'ai besoin de quelques secondes de plus ici.

Haletant à travers une autre contraction, Betty Sue hocha la tête et tendit la main à son mari. Dans ce qui s'avéra être un accouchement de routine, quoique rapide, en seulement quinze minutes, Paul Brady Junior glissa dans le monde.

— Tu es prête à tenir ton fils ? demanda Brooks à Betty Sue.

Avec un sourire plus radieux que celui d'un enfant le matin de Noël, la nouvelle mère tendit les bras. Paul embrassa le front de sa femme puis fit de même sur le haut de la petite tête du bébé.

— Nous devrons le peser et faire quelques tests standard, mais ça peut attendre quelques minutes que vous fassiez connaissance tous les trois. Brooks recula, son regard posé sur le nouveau-né. Son cœur était plus léger. Le cercle de la vie. — Bienvenue dans le monde, jeune homme. Bienvenue dans le monde.

— Je vois tes cinq et je relance de cinq. Antoinette Castelano Bennett jeta quelques jetons dans le tas grandissant. Quand elle avait envisagé de venir dans l'ouest du Texas pour rendre visite à sa colocataire d'université avant son mariage, jouer au poker avec des personnes âgées n'était pas exactement le passe-temps qu'elle avait imaginé.

— Je me couche, dit Dorothy Wilson, une dame âgée douce et amicale, en posant ses cartes face contre table.

— Moi aussi. Sally May, une femme séduisante aux cheveux poivre et sel coiffés en un simple chignon français et un berger allemand recroquevillé à ses pieds, posa ses cartes avec un soupir.

— Je suppose qu'il ne reste que moi, dit Eileen Callahan, la matriarche de la famille que l'amie de Toni allait épouser, avec un sourire aussi large que l'horizon du Texas de l'Ouest. Ajoutant plus de jetons au pot d'une main, elle étala ses cinq cartes, face visible, de l'autre. — Trois as.

Le dernier membre du groupe, Ruth Ann, laissa échapper un grognement frustré. Une femme petite et très mince, aux longs cheveux gris attachés en queue de cheval négligée, vêtue d'un jean et d'une chemise bleue à manches longues, elle rappelait à Toni tout ce qu'elle aurait pu imaginer d'une femme de rancher. Sauf qu'au lieu de parler de bétail ou de poulets, une phrase sur deux concernait sa récente opération des oignons. — Ça me met hors jeu. J'ai deux paires, roi au plus haut.

Il ne restait plus que Toni avec des cartes en main. Se souvenant de ce que disait sa grand-mère, « Chanceux aux cartes, malchanceux en amour », elle ne se sentait pas très triomphante. — Désolée mesdames. Full : brelan de dames et paire de dix.

— Je vais faire un tour aux toilettes, dit Sally May en se levant. — Peut-être que ça va changer ma chance.

C'était au tour d'Eileen de distribuer, elle rassembla les cartes de la table. — Alors, parlez-nous un peu plus de ce mari voyageur ?

Séparant ses gains en piles de couleurs appropriées, Toni réfléchit à ce qu'elle allait dire. L'appel qui avait envoyé son mari faire sa valise et se précipiter à l'aéroport Logan pour un vol vers l'un de ces pays en -stan avait été un cadeau inattendu. William ne faisait plus jamais de sites offshore, mais quand l'ingénieur assigné à ce projet avait subi une crise cardiaque massive en route pour l'aéroport, les partenaires s'étaient précipités pour trouver un chef de projet remplaçant, et William était la seule personne avec assez de flexibilité et de compétence pour y aller.

Le souvenir de ces vingt minutes éprouvantes lui fit serrer les jetons plus fermement.

« Bon sang, Antoinette. Il y a trop d'amidon dans mes chemises. Encore. »

« Je suis désolée. » Elle détestait repasser les chemises. « Peut-être que celle-ci sera— »

William lui arracha la chemise des mains et la jeta dans sa valise. « Je ne veux pas porter cette chemise dans l'avion. »

Toni recula hors de sa portée. Elle ne ferait plus cette erreur.

« Si cet imbécile au pressing peut doser correctement l'amidon, il n'y a aucune raison que tu ne puisses pas le faire. Pas besoin d'être un génie pour repasser une chemise. »

— Toni ? Les mains d'Eileen s'étaient immobilisées au milieu du mélange, les sourcils froncés d'inquiétude.

— Désolée, j'avais l'esprit ailleurs. Oui. William ne voyage plus beaucoup maintenant. Il est très protecteur envers moi. Il n'aime pas être loin de moi, mais cette fois-ci, il n'avait pas le choix.

— Eh bien, c'était très opportun que son voyage prolongé coïncide avec mon mariage, même si j'ai dû utiliser mes meilleures compétences de débat pour te convaincre de venir nous rendre visite maintenant plutôt que seulement pour le week-end du mariage. Meg O'Brien— bientôt Farraday—se tenait à côté de Toni, une cafetière à la main. — On dirait qu'il s'est avéré être un mari très aimant.

— Oui. Aimant. Sous la table, Toni serra les poings, força le sourire plastique je-suis-si-heureusement-mariée qu'elle utilisait toujours en public, et repoussa les dernières paroles de son mari en partant.

« Je ne sais pas à quel point les satellites sont fiables dans ce camp d'ingénierie temporaire oublié de Dieu. Pour l'amour du ciel, n'oublie pas de charger ton téléphone. Mieux encore, reste près de la maison. Dans ce trou perdu de pays, qui sait ce dont j'aurai besoin… »

Elle savait ce que signifiait rester près de la maison. Ce ne serait pas difficile à faire. Où avait-elle à aller ?

« Ma mère sera de retour de sa croisière dans quelques semaines. À son retour, je m'arrangerai pour que tu restes avec elle pendant mon absence. » Son regard parcourut l'appartement impeccable. « Je serai de retour bien avant trois mois si j'ai mon mot à dire. Ce coin boueux du monde n'est pas un endroit pour un homme comme moi. »

Elle hocha la tête. Pas sûre de ce qu'il attendait d'elle ensuite. Serait-ce le moment où il voudrait qu'elle lui tende le reste de ses affaires pour accélérer ses bagages, ou serait-ce quand rien de ce qu'elle ferait ne serait juste ? L'explosion au sujet de la chemise lui faisait penser qu'elle ferait mieux d'attendre des instructions. Peut-être.

— Meg a raison, dit Eileen en distribuant les cartes. — C'est toujours agréable d'avoir des amis en visite. Et elle me dit que tu es aussi une excellente cuisinière ? Elle a besoin de prendre un peu de poids. À travailler ici tous les matins et à retaper cette vieille maison le reste du temps, elle s'épuise jusqu'à n'être plus qu'un squelette. Ce qui me rappelle, triant sa main, Eileen regarda par-dessus son épaule vers Meg, j'ai presque fini les rideaux pour l'ancien salon. Ce sont les derniers rideaux.

— On dirait qu'il est temps pour une fête de décoration, dit Sally May en reprenant ses cartes.

Eileen acquiesça. — Ça a été amusant de redonner vie à cette vieille maison.

D'après ce que Meg avait dit à Toni, le clan Farraday passait plus de temps à bricoler dans la vieille maison victorienne que dans leurs propres maisons, et Meg semblait adorer chaque instant de son appartenance soudaine à une grande famille unie. Toni n'arrivait pas à l'imaginer. Chaque fois que la famille de son mari descendait sur Boston, serviable n'était pas le premier mot qui lui venait à l'esprit.

— Ça semble bien, dit Meg. Un client à l'autre bout du café lui fit signe, et elle se dirigea dans leur direction.

Quand Toni avait épousé William et s'était installée en plein cœur du quartier Back Bay de Boston, elle pensait avoir gagné au loto. En regardant Meg sourire et voltiger de table en table, rayonnante de l'intérieur, Toni se demandait si elle avait jamais été aussi heureuse. Jetant à peine un coup d'œil à ses cartes, Toni les lança sur la table. — Je crois que je vais passer cette manche. J'ai besoin d'un peu d'air frais.

— Oh, parfait, s'exclama Ruth Ann en se levant d'un bond, riant. Je vais prendre sa place pendant son absence.

Meg revint précipitamment à la table. — Tu t'en vas ? J'ai encore une demi-heure avant que Shannon n'arrive.

— Je voulais juste me dégourdir les jambes, mais une belle promenade pour rentrer serait peut-être préférable.

Meg l'examina un peu plus longtemps qu'elle ne l'aurait souhaité. — Bonne idée. La porte arrière est ouverte. Je rentrerai dès que possible.

— Pas de précipitation.

— Tu sauras retrouver ton chemin ?

Toni faillit rire. La ville n'était pas si grande, et ce qu'il y en avait avait été construit selon un quadrillage simple. Il lui faudrait peut-être quinze minutes tout au plus pour descendre Main Street puis tourner dans la rue de Meg. — Je m'en sortirai.

— Est-ce qu'on vous verra pour la partie de cartes de samedi ? Dorothy Wilson leva les yeux. Nora vient le samedi.

— Je ne sais pas. Cela dépend de la quantité de travail à faire chez Meg, dit Toni.

— Du travail, mon œil ! Meg fit un clin d'œil à son amie. Samedi, on va à Abilene. J'ai encore des courses à faire.

— J'en suis. Toni sourit à son amie et réalisa que, pour la première fois depuis très longtemps, elle souriait beaucoup, et sincèrement.

Bien qu'elle ait déjà aperçu les boutiques de Main Street en traversant la ville en voiture, elle prit son temps maintenant, observant les gens qui allaient et venaient, s'attardant une minute ou deux devant les vitrines. L'intérieur du Cut and Curl semblait n'avoir pas beaucoup changé depuis le jour de sa construction. Alignés le long du mur du fond se trouvaient plusieurs de ces imposants sèche-cheveux à l'ancienne. Même à cette heure, deux femmes étaient assises côte à côte, feuilletant des magazines.

Quand Toni imaginait l'ouest du Texas, elle voyait Clint Eastwood poursuivant des vaches sur un chemin de terre bordé de trottoirs en bois. Elle n'avait pas imaginé Mayberry.

Sur le point de tourner à l'angle de la rue de Meg, un wouf étouffé attira son attention. Encore trop loin de la partie résidentielle du quartier pour qu'il y ait un jardin avec un chien à proximité, elle s'arrêta et regarda autour d'elle. Rien. Quelques pas de plus et elle l'entendit à nouveau, mais cette fois le son ressemblait davantage à un gémissement. D'où venait-il ?

Prenant son temps pour scruter les environs, Toni avança lentement, écoutant attentivement. Le voilà encore, un peu plus fort, et venant de l'autre côté de la rue. Presque en priant pour que l'animal se montre, elle descendit du trottoir. Un mouvement dans les arbustes le long d'une maison condamnée lui indiqua qu'elle se dirigeait dans la bonne direction quand un museau noir apparut, suivi d'un corps velu et enfin d'une queue tombante... Marchant dans sa direction... En boitant.

Pendant une fraction de seconde, elle avait cru qu'il s'agissait du berger allemand de Sally May, mais elle réalisa ensuite que ce chien était plus gris que fauve et un peu plus petit que les quatre-vingts livres du berger. — Oh, mon pauvre. Presque arrivée de l'autre côté de la rue, elle s'accroupit pour que le chien comble la distance entre eux. — Que t'est-il arrivé ?

Sans aucun signe de peur ou d'hésitation, le chien vint droit vers elle et enfouit sa tête dans sa main tendue.

— Eh bien, tu es un compagnon amical, n'est-ce pas ?

La queue s'agita brièvement tandis que Toni lui grattait derrière l'oreille, puis passa son autre main le long de son corps. Ou le sien. Pas de collier. Pas de poils emmêlés. Mince mais pas squelettique. Le chien avait soit vécu seul un moment et savait se débrouiller, soit eu un maître avare. Quand elle laissa sa main glisser doucement sur la patte que le chien semblait favoriser, l'animal laissa échapper un petit gémissement.

— D'accord, on dirait qu'il va falloir te trouver un vétérinaire. Je connais justement l'adresse d'un très bon.

Le chien, savourant toute cette attention, bougea et se frotta contre elle. Elle comprenait exactement ce que ressentait le pauvre chien. La solitude, c'était une vraie misère.

CHAPITRE DEUX

Betty Sue et Paul étaient restés quelques heures tandis que Brooks et Nora s'assuraient que tout allait bien avec l'arrivée de Paul Junior, mais la jeune famille était partie il y a presque une heure. Comme il n'avait aucun rendez-vous prévu pour le reste de l'après-midi et que le deuil de Liza persistait, Nora avait insisté pour qu'il se rende au ranch et se changer les idées. L'idée était bonne.

Ses études de médecine l'avaient peut-être éloigné de chez lui pendant la majeure partie de sa vie d'adulte, mais son cœur avait toujours été au ranch. Même maintenant, il aurait aimé convaincre certains de ses frères de faire l'école buissonnière et d'aller chasser des grenouilles dans le ruisseau. Ou peut-être que Nora avait raison, un après-midi à nettoyer les écuries pour son frère Finn serait exactement le travail physique dont il avait besoin pour se vider l'esprit. Presque à la fin de la rue principale, il se demandait quoi faire à propos de Meg. L'appeler depuis le ranch avait du sens — ainsi, il serait trop loin pour retourner en ville pour dîner. Peut-être que d'ici la fin de la semaine, sa future belle-sœur déciderait que son amie n'avait finalement pas besoin d'un médecin.

Bien qu'il ait décidé d'appeler une fois arrivé au ranch, Brooks tourna la tête pour regarder la rue de la nouvelle maison de Meg. Freinant pour mieux voir, il se concentra sur un gros tas pratiquement au milieu de la route. Qu'est-ce que c'est que ça ? Faisant rapidement demi-tour, il remonta la rue. Ajoutant à la distraction, il n'y avait aucun doute qu'au moins une partie de ce tas était une personne pliée en deux. Cette journée n'allait-elle donc jamais finir ? Il détestait penser que quelqu'un à Tuckers Bluff aurait pu heurter un piéton et s'enfuir, mais c'était sans aucun doute ce que ça lui semblait être. En se garant, il attrapa sa trousse médicale sur le siège passager et bondit hors de la voiture. Impossible de savoir depuis combien de temps la personne était là — il ralentit le pas.

Un gros animal poilu leva la tête, et Brooks aurait été prêt à témoigner devant un tribunal que la créature l'avait regardé dans les yeux et avait hoché la tête avant de détaler. Ce qui était maintenant clairement une femme se redressa d'un bond et se retourna vers lui.

— Tu l'as effrayé.

En grandissant, Brooks connaissait tous les habitants de Tuckers Bluff. Mais la ville avait tellement grandi pendant son absence qu'il ne connaissait simplement plus tout le monde comme avant, et cette femme ne lui semblait pas du tout familière.

— Est-il blessé ?

— Il boite.

— Savez-vous comment il s'est blessé ? Brooks traversa la rue au trot. Son frère Adam était le vétérinaire de la famille, mais si le chien avait été heurté par une voiture, le moins qu'il puisse faire était d'aider cette dame à amener son animal chez Adam.

— Non. Je l'ai entendu gémir et je l'ai fait venir vers moi.

— Vous avez de la chance que personne ne vous ait renversés tous les deux.

Déjà en mouvement vers les arbustes où le chien avait disparu, la femme se retourna pour le regarder, un sourcil haut perché sur son front.

— Dans cette ville ?

— Nous avons des voitures. Comment s'appelle-t-il ? Brooks suivit la femme à la recherche de son chien.

— Il n'est pas à moi.

Cela l'arrêta net. Il n'aimait pas l'idée de poursuivre un chien errant blessé. Se faire mordre par un animal enragé ne figurait pas dans sa liste des priorités. Et soigner cette petite chose pour une morsure de chien enragé non plus.

— Vous feriez mieux de rester ici. Il pourrait être

agressif s'il est blessé.

— C'est le plus adorable des chiens. J'étais en train de lui gratter l'oreille quand tu as sauté de ce tank et que tu l'as fait fuir.

— Au milieu de la rue.

Le commentaire méritait d'être répété.

Ses mains tombèrent lourdement sur ses hanches. Elle leva les yeux au ciel, des yeux plutôt grands, jolis et bleu océan, et souffla un petit coup d'air qui fit monter et descendre sa poitrine sous son nez.

— Je pense que je peux m'en occuper à partir de maintenant. Merci.

Son attention se porta immédiatement sur le bijou qui ornait sa main gauche. Le caillou ne l'aveuglait pas exactement, mais il s'en fallait de peu. Dommage. Quelque chose dans ces yeux l'avait aspiré vers un endroit où il n'avait pas le droit d'aller — ni d'avoir envie de rester.

Elle fit volte-face et commença à appeler d'une voix douce et sucrée :

— Viens, mon grand. Reviens, mon bébé.

Aussi tenté qu'il était de faire exactement ce qu'elle avait suggéré et de filer vers le ranch, il était presque certain que quelque part dans le serment d'Hippocrate, il devait y avoir quelque chose qui l'empêchait de laisser une femme seule poursuivre un animal potentiellement enragé et blessé.

— Vous feriez mieux de me laisser faire.

— Pourquoi ? Elle pivota et lui lança un regard noir. — Tu penses qu'il est méchant. Ou elle. Je peux m'en occuper.

Le buisson près du magasin vide frémit et la petite femme se retourna rapidement, oubliant complètement Brooks.

— C'est bon, mon doux, roucoula-t-elle. Le grand méchant type s'en va.

Cela arrêta Brooks de nouveau. Il n'était pas méchant. Il était un type sympa. Un mec bien. Tout le monde l'aimait. Vraiment. Le besoin soudain de lui prouver qu'elle avait tort le poussa à avancer. S'accroupissant à la moitié de sa hauteur, Brooks rampa pratiquement vers les arbustes.

— Viens ici mon gars, tout va bien.

Tous deux avancèrent centimètre par centimètre, roucoulant vers les branches maintenant immobiles, sifflant et faisant des bruits de langue pour tenter d'attirer l'animal à découvert.

— Je pense toujours qu'il a peur de toi, dit la femme d'un ton plus doux en se penchant pour regarder derrière le buisson. — Il n'est pas là.

Son regard dériva le long du mur jusqu'au côté du parking vacant.

— Je ne le vois pas.

Déplaçant son attention vers l'espace ouvert, Brooks scruta la zone immédiate puis fit de même en haut et en bas de la rue.

— Je ne vois aucun signe de lui.

Portant ses doigts à ses lèvres, il émit un sifflement fort et aigu. Rien.

— Peut-être qu'il est rentré chez lui.

— Je ne pense pas qu'il appartienne à quelqu'un. Elle s'avança davantage dans le terrain vague, scrutant derrière toute la verdure.

— Qu'est-ce qui vous fait dire ça ?

Fronçant les sourcils, elle se redressa et lui fit face.

— Il n'avait pas de collier, mais c'était plus son état.

Il attendit une description plus détaillée.

— Je dirais que le mot « mal-aimé » me vient à l'esprit.

— Mal-aimé ?

— Tu sais, pas maigre donc il a été nourri, mais pas un gramme de graisse en trop. Personne pour lui glisser des restes sous la table, ou des friandises pour un travail bien fait. Son pelage n'était pas emmêlé et sale avec des signes de vie dans la rue, mais il n'était pas brillant et doux comme si quelqu'un prenait le temps de le brosser. Elle inspira profondément et haussa les épaules. — Je ne sais pas. Peut-être que je suis trop sensible.

Un regard lointain, comme si elle était partie quelque part où elle ne voulait pas être, traversa son visage. Pendant un bref instant, Brooks fut tenté de demander ce qui n'allait pas. De découvrir ce qui avait apporté cette soudaine lueur de tristesse dans ses yeux, mais ce n'était pas sa place. Cet honneur appartenait au type qui lui avait donné ce caillou.

— Eh bien, je vais faire le tour du pâté de maisons, voir s'il est dans les parages. Sinon, je vais devoir supposer qu'il est retourné d'où il venait.

Ce que Brooks devait faire aussi. Et bientôt. Il n'aimait pas ce que cette femme éveillait en lui.

Le grondement d'un moteur retentit au loin. Avant que Toni puisse réaliser à quelle distance il se trouvait, l'étranger avait glissé son bras autour de sa taille et l'avait écartée du trottoir. Avec son esprit dérivant dans un monde d'apitoiement, elle n'avait même pas remarqué qu'elle s'était rapprochée de la rue.

— Je devrais chercher le chien.

— Madame, peut-être devrais-je appeler votre mari pour qu'il vienne vous chercher. J'ai des relations au bureau du shérif. Je vais passer un coup de fil pour voir si quelqu'un a perdu un chien. Si c'est le cas, nous le trouverons et nous veillerons à ce qu'il retourne chez son propriétaire.

Encore un de ces hommes, le genre qui pensait qu'une femme n'avait aucune raison de penser par elle-même et avait besoin d'un homme pour la conduire par la main. Déjà vu, déjà fait, ça suffit.

Le rugissement d'un énorme pickup ralentit jusqu'à un bourdonnement sourd à côté d'eux et la fenêtre s'abaissa.

— Je vois que vous vous êtes rencontrés.

Le fiancé de Meg, Adam, pencha son bras hors de la fenêtre ouverte.

— Meg vient de m'envoyer un texto, elle est en route pour la maison. Vous comptez bavarder ici toute la journée ou venir à l'intérieur pour le dîner ?

Toni se tourna pour regarder l'homme qui la fixait maintenant avec de grands yeux vert émeraude. Bien sûr, ce devait être un frère Farraday. Le médecin. Brooks. La ressemblance avec Adam était frappante. Si elle n'avait pas été si préoccupée par le chien, elle aurait remarqué les similitudes. Aurait dû remarquer.

S'écartant pour récupérer sa trousse médicale, le médecin au port statuesque, aux cheveux noir de jais et aux yeux hypnotisants s'adressa à son frère :

— J'étais juste en route pour le ranch. Je pensais donner un coup de main à Finn. Nettoyer quelques box.

Le front d'Adam se plissa immédiatement en un froncement de sourcils songeur. Elle n'avait aucune idée de ce qui était si alarmant à propos du nettoyage des box, mais après tout, elle ne connaissait rien à la vie dans un ranch. Pour ce qu'elle en savait, « nettoyer » était un code pour « un animal important du ranch est en difficulté ».

Le pli resta gravé sur le front d'Adam.

— Il se fait tard dans la journée pour ce genre de travail.

On ne pouvait pas manquer l'assombrissement dans des yeux qui venaient de paraître brillants de surprise en la voyant. Son cœur se serra devant la tristesse qui regardait au loin. Plutôt que de répondre avec des mots, Brooks se contenta de se tourner vers Adam et haussa les épaules.

— Je ferais mieux de te prévenir.

Son expression plus détendue, Adam haussa les épaules en retour.

— Becky est partie tôt parce que Papa et Tante Eileen se joignent à elle et sa grand-mère pour dîner ce soir. Si tu vas au ranch, tu mangeras la cuisine de Finn.

La façon dont le visage de Brooks se crispa à cette pensée fit presque rire Toni.

De son côté, Adam ne fit aucun effort pour cacher son hilarité.

— On mange des lasagnes ce soir. Toni a fait la sauce hier. C'est entièrement fait maison. J'y ai goûté. Crois-moi, tu veux manger avec nous.

Brooks la regarda, et Toni haussa une épaule.

— Que veux-tu que je dise ? Je suis italienne.

Son regard se déplaçant de gauche à droite sur ses cheveux blonds, Brooks leva un sourcil.

— Italienne du nord, expliqua-t-elle. C'est contre mon patrimoine génétique d'acheter de la sauce en bocal.

Un sourire incroyable s'étala sur le visage de Brooks. Tout son corps eut l'impression d'avoir soudainement pénétré dans un rayon de soleil réchauffant.

— On dirait que tu as de la compagnie pour dîner. Brooks fit un signe de tête à son frère.

— Bien. Adam se pencha en arrière dans la cabine de son camion. — Tu veux un tour, Toni ?

— Bien sûr.

Regardant une dernière fois par-dessus son épaule pour chercher des signes du chien et n'en voyant aucun, elle contourna le capot pour grimper. Brooks les suivit dans un énorme SUV. Qu'est-ce que c'était que cette histoire avec le Texas et ces voitures assez grandes pour être de petites maisons ?

Seulement une courte distance à parcourir en remontant la rue, elle eut à peine le temps de tripoter la ceinture de sécurité quand Adam se gara dans l'allée et il était temps de défaire la boucle.

— Besoin d'aide pour descendre ? demanda Adam.

— Non. Je peux sauter aussi bien que n'importe qui, plaisanta-t-elle.

Le camion d'Adam était probablement le plus grand qu'elle ait jamais vu et elle n'exagérait pas quand elle disait sauter. À 1 mètre 62, si elle laissait pendre ses jambes du siège passager, elle était encore à plus de 30 centimètres du sol. Saisissant la poignée à sa droite, elle se tint sur le marchepied et sauta.

— Tu vois ?

— Pas mal pour une fille de la ville.

Le sourire éclatant qu'Adam lui lança rendait facile de comprendre au moins une des raisons pour lesquelles Meg était tombée éperdument amoureuse du vétérinaire cowboy. Mais malgré son wattage élevé, il n'avait pas du tout le même impact sur elle que le large sourire de son frère. Et c'était une complication dont elle n'avait pas besoin.

La chose intéressante à propos d'une ville de la taille d'un timbre-poste était la rapidité avec laquelle une personne pouvait se déplacer d'un endroit à un autre. Adam avait à peine claqué la portière de la voiture derrière Toni quand Meg entra dans l'allée.

Même si Toni n'avait pas entendu la voiture arriver, elle aurait su que c'était Meg à cause du changement sur le visage d'Adam. Le sourire poli qu'il avait adressé à Toni ne pouvait pas se comparer à la lumière dans ses yeux ou à la puissance de son sourire lorsque son regard se posa sur sa fiancée. Le gars dégoulinait de tant d'amour qu'il aurait pu être l'affiche d'une romance fleur bleue, ces histoires de « ils vécurent heureux » qui aspirent toutes les femmes célibataires aux yeux étoilés dans l'idée du Prince Charmant, de Mr Darcy et de Richard Gere. Sauf que dans son cas, aveuglée par un conte de fées, elle s'était réveillée un jour pour fixer dans le miroir un œil au beurre noir dissimulé sous une épaisse couche de maquillage et un étranger sans remords qui aboyait de l'autre côté de la pièce.

— Toni…

La voix douce et le toucher encore plus doux sur son bras la firent reculer d'un pas avec surprise. Brooks se retira immédiatement.

— Désolé. Je ne voulais pas te faire peur.

— Non.

Elle secoua la tête et agita une main en signe d'excuse. Elle n'avait même pas remarqué son approche.

— J'étais perdue dans mes pensées.

Avec seulement un signe de tête, Brooks regarda son frère et sa future belle-sœur puis se dirigea vers la maison.

Le genre d'homme fort et silencieux. Peut-être qu'ils élevaient les hommes différemment au Texas.

CHAPITRE TROIS

— Combien de temps avant le dîner ? demanda Adam en accrochant son chapeau à un crochet près de la porte.

— Dès que le four sera chaud, je ferai réchauffer les lasagnes, répondit Toni qui se dirigeait déjà vers la cuisine, un énorme sourire aux lèvres. Quel revirement à 180 degrés ! Nouant un tablier dans son dos, elle dansait pratiquement à travers la cuisine.

— Parfait. Je suis debout depuis cinq heures ce matin. Adam la suivit dans la cuisine et se dirigea droit vers un plateau recouvert de papier d'aluminium sur le comptoir.

— C'est le dessert. Meg se glissa à côté de lui et lui tapa sur la main. Ne coupe pas ton appétit pour le dîner.

— Le sandwich à la dinde que Becky m'a fait manger à midi s'est évaporé depuis des heures. Il m'en faudrait beaucoup pour me couper l'appétit. Adam se tourna vers son frère. Tu dois absolument goûter ça. Je n'ai pas vraiment la dent sucrée, mais ces trucs peuvent rapidement rendre accro au sucre.

Meg avait replié les coins du papier d'aluminium autour du plateau avant que Brooks ne puisse bien voir, mais il n'avait pas manqué le sourire de Toni face à l'enthousiasme d'Adam. Mon Dieu. Elle était absolument magnifique quand elle souriait. De courtes boucles blondes encadraient un visage aux yeux pétillants d'excitation et aux joues teintées d'un léger rose. Son ventre se serra et son regard se posa une fois de plus sur la bague à sa main gauche. Du calme, mon vieux. La dame était prise, et il ferait mieux de se ressaisir.

— Si tu te comportes bien, lança Toni par-dessus son épaule, un plat de pâtes à la main en ouvrant la porte du four, je te promets d'en refaire.

— Et fais-en plus pour en apporter à Abbie, ajouta Meg. Je pense que ce serait un bon ajout au menu des desserts.

— Je ne sais pas… Le sourire radieux disparut du visage de Toni et les pensées sombres de tout à l'heure assombrirent son regard.

— Est-ce que quelqu'un va me dire quel est ce merveilleux dessert ? Brooks osa toucher le coin du plateau couvert d'aluminium, mais Meg lui tapa sur la main comme elle l'avait fait avec son frère.

— C'est la spécialité la plus célèbre de Toni.

— Célèbre ? Il jeta un coup d'œil en biais au plateau.

— Oui. Meg posa ses poings sur ses hanches. Célèbre. À l'école, les gamins auraient vendu leurs âmes pour en avoir. Et elle n'avait que trois saveurs à l'époque.

Toni claqua la porte du four et se retourna.

— Vanille, chocolat et velours rouge.

— J'adorais ceux au velours rouge. Meg poussa un soupir nostalgique.

— Ceux à la menthe me convenaient bien. Adam fixait le plateau. Quiconque l'observait pouvait presque voir son esprit calculer les chances d'en piquer une sous le nez de Meg.

— Je ne sais toujours pas… commença Brooks.

— Des cake balls, chantèrent trois voix en chœur.

Tout ce tapage pour du gâteau ? Brooks regarda tour à tour le plateau, sa belle-sœur, son frère et la pâtissière ravie, puis haussa les épaules, son estomac gargouillant aux arômes savoureux d'ail et de fromage fondu.

— Je ne sais rien de ces gâteaux, mais ces lasagnes sentent divinement bon.

Une fois de plus, un sourire radieux illumina le visage de Toni, et Brooks dut faire un effort supplémentaire pour empêcher son esprit de s'égarer dans une direction complètement inappropriée.

— Le dîner ne sera pas prêt avant au moins vingt minutes. Toni se tourna vers le réfrigérateur. Pourquoi n'allez-vous pas trouver quelque chose pour vous occuper ?

— Bonne idée. Meg accepta une tête de laitue de son

amie d'une main et chassa les hommes de l'autre.

— Autant me montrer ce qui a changé depuis la semaine dernière. Brooks suivit docilement son frère. Depuis que Meg avait acheté cette maison victorienne délabrée, l'endroit se transformait lentement sous ses yeux.

— Le deuxième étage est presque terminé, et nous avons commencé la suite mansardée. Deux bières du frigo en main, Adam s'engagea dans le couloir principal et sortit par la porte arrière. Je pense vraiment que Meg va réussir à mettre cette maison en état à temps pour les invités du mariage.

— Elle est incroyable. Personne ne pensait qu'elle y arriverait.

— C'est bien vrai. Mais nous n'aurions pas pu y arriver sans l'aide de la famille.

L'une des premières choses que la famille avait faite ensemble était de reconstruire la véranda pourrie qui faisait le tour de la maison et d'agrandir la partie arrière de quelques mètres. Maintenant, le grand espace extérieur était divisé en deux sections, l'une avec une table et des chaises pour dîner ou jouer aux cartes, et l'autre bordée de chaises à bascule en bois vert foncé. Brooks faillit rire au souvenir du processus de choix de couleur pour les sièges. Meg voulait du blanc, Tante Eileen avait suggéré qu'une teinte plus foncée de marron ou d'orange brûlé serait jolie. En bons Aggies traditionnels, les frères faisaient la grimace à la mention de l'orange. Leur suggestion de bordeaux avait presque gagné jusqu'à ce que Becky Wilson, l'assistante d'Adam et amie de longue date de la famille, mentionne négligemment le vert foncé des anciennes chaises à bascule qui avaient trôné sur la véranda des Farraday pendant la majeure partie de sa jeunesse. Ces meubles, remplacés depuis longtemps, avaient été peints à l'origine dans cette teinte par sa mère. Rien de plus ne fut dit, et pourtant tout le monde savait que les chaises du porche d'Adam et Meg seraient peintes en vert foncé.

— Alors, Adam tendit une bouteille à son frère. Tu veux me dire pourquoi tu étais en route pour nettoyer les box à cette heure-ci ?

Brooks savait que répondre « Non » ne serait pas acceptable. Mais il savait aussi que son frère aîné de deux ans serait le plus à même de comprendre.

— Liza Cannon a fait une crise cardiaque.

La douleur se peignit sur le visage d'Adam.

— Elle n'a pas survécu.

Ce n'était pas une question, mais Brooks secoua quand même la tête.

— Ils m'ont remercié.

— La famille sait que tu as essayé.

Pour tout le bien que cela avait fait, il pourrait installer son cabinet au Paradis qu'il n'échapperait pas à des journées comme aujourd'hui.

— J'ai croisé Ralph Brennan à la boutique d'alimentation ce matin, dit Adam en prenant une gorgée de sa bière. Il avait l'air très… guilleret. Il voulait savoir si Connor allait bientôt rentrer.

— Connor ?

Adam haussa nonchalamment une épaule.

— Il semblerait que la dernière fois que Connor est venu pour le dîner dominical, lui et le vieux Brennan aient trouvé le temps pour une petite visite.

— Est-ce que Finn est au courant ?

Adam haussa à nouveau les épaules.

— Je ne suis pas sûr, mais c'était la plus longue conversation que j'ai eue avec Brennan depuis le décès de sa femme.

C'était difficile de se souvenir de l'homme plus aimable qui avait été leur voisin quand ils étaient très jeunes. Le premier changement était survenu lorsque la fille des Brennan avait choisi de rester dans le nord après ses études et de se marier, mais le vrai coup dur avait été quand la femme du vieux bonhomme était décédée.

— Donc il avait fait des projets avec Connor, pas avec Finn ?

— Il ne l'a pas dit, mais j'ai eu l'impression qu'il était pressé que ses projets, quels qu'ils soient, commencent.

— Vraiment ? Brooks ne se souvenait pas que leur vieux voisin grincheux ait jamais été pressé pour quoi que ce soit.

— J'ai envoyé un texto à Connor. Je n'ai pas encore de réponse.

— Ouais, parfois c'est plus facile d'avoir des nouvelles d'Ethan qui survole le fin fond du no man's land que de Connor qui est à moins d'un État de distance.

— Tu l'as dit. Peut-être que je vieillis plus que je ne le pense, ou peut-être que ça a quelque chose à voir avec Meg, mais je commence à penser comme Tante Eileen. Je suis prêt à ce que tous mes frères soient à la maison, en sécurité et à proximité.

— Seulement tes frères ?

— Je n'aime peut-être pas que Grace soit partie à la faculté de droit, mais même moi je ne peux pas trouver moyen de comparer Dallas aux dangers de travailler sur une plate-forme pétrolière ou d'avoir des terroristes qui te tirent dessus.

Brooks poussa un soupir. Il y avait des jours où travailler aux urgences de Parkland donnait vraiment l'impression d'être dans une zone de guerre. Mais Adam avait raison, il n'y avait aucune raison de comparer une salle de classe dans l'un des quartiers les plus chics de Dallas à un hôpital du centre-ville.

— Si quelque chose doit se passer bientôt, Tante Eileen aura l'info au dîner de dimanche.

— C'est certain.

Adam vida le reste de sa boisson puis se leva.

— Je propose qu'on retourne voir les filles et le dîner.

— Je te suis.

Bien que dans l'état où se trouvait Brooks en ce moment, il ferait peut-être mieux de traverser directement le couloir, de sortir par la porte d'entrée et de filer au ranch. Bien sûr, personne n'avait jamais dit qu'il était doué pour faire ce qui était bon pour lui — ou pour éviter les ennuis.

— J'adore cette cuisine. Toni enfournait un autre plateau de cake balls dans le second four. Avec du temps à tuer, elle avait décidé d'en préparer un autre lot à envoyer au ranch et à la clinique avec Adam le lendemain. Je n'arrive toujours pas à croire que toi, Margaret Colleen O'Brien, la fille qui ne savait même pas faire bouillir de l'eau, tu as non seulement acheté un ancien bed and breakfast, mais tu en as acheté un avec la cuisine de rêve d'un chef. Ou du moins la cuisine de rêve de Toni.

— Ce n'était pas exactement comme ça au départ, mais je savais que la bonne nourriture, les bons cuisiniers et les cuisines amusantes vont de pair. La majeure partie du budget de rénovation est passée dans cette pièce.

Toni salivait pratiquement devant la cuisinière commerciale en acier inoxydable, les deux fours complets côte à côte, le four de maintien au chaud supplémentaire et les deux lave-vaisselle professionnels adaptés à tous les plats supplémentaires que Toni avait aidé Meg à commander en ligne.

— Si ton plan est de m'aider à prendre cent kilos pendant ta visite, Meg O'Brien fit un clin d'œil en levant le pouce d'une main tout en ramassant une éclaboussure de pâte renversée sur le comptoir avec l'autre, tu es vraiment sur la bonne voie. Elle lécha lentement son doigt, ferma les yeux et gémit de plaisir. Tu me tues. Et ma taille aussi.

— J'en doute fort. Tu as toujours été maigre comme un clou avec le métabolisme d'un cheval de course.

— Eh bien, avec toi aux fourneaux, je mange certainement comme un !

Meg rit fort et, malgré ses paroles précédentes à son fiancé, souleva un coin du papier d'aluminium et prit une bouchée lente et délectable.

— Wow. Ça sent divinement bon.

— Et ça ne ressemble pas à des lasagnes.

Reniflant l'air à côté de son frère, Brooks franchit le seuil, remplissant la pièce de sa présence.

Bon sang, ces hommes Farraday avaient du charisme.

Le regard d'Adam se posa sur le plateau découvert, un sourire espiègle apparut sur son visage. Avant que quiconque puisse réagir, il attrapa l'un des morceaux non glacés et le jeta dans sa bouche comme un grain de pop-corn.

— Je vais peut-être devoir aller nettoyer quelques box au ranch moi-même pour éliminer ces desserts.

La minuterie du four sonna et Meg saisit le saladier pour le tendre à Adam.

— Mets ça sur la table, s'il te plaît.

— Comment puis-je aider ?

Brooks s'approcha du comptoir et, pendant que Toni était distraite à sortir le dîner du four et que Meg prenait les couverts dans le tiroir, il prit l'un des cake balls et le mit dans sa bouche.

— Wow. Tu ne plaisantais pas. Ils sont fantastiques.

— C'est mon ingrédient secret qui fait toute la différence.

Le plat de lasagnes en main, Toni sourit à Brooks.

Brooks accepta les poignées de fourchettes et de couteaux de sa future belle-sœur.

— Tu devrais vraiment donner la recette à Tante Eileen.

— Ce ne serait plus vraiment un secret alors, n'est-ce pas ?

Toujours souriante, Toni suivit Adam dans la salle à manger. Cela faisait une éternité que personne n'avait fait l'éloge de sa cuisine. Elle avait oublié à quel point c'était agréable. Et combien elle aimait ça.

Le dîner avec Meg et les Farraday était à des années-lumière de la solitude formelle qu'étaient devenus les repas à Boston. Ce soir ne faisait pas exception. La table étant dressée et la nourriture prête à être servie, non seulement Adam tira la chaise pour Meg, mais sans hésitation, Brooks se glissa derrière Toni et poussa doucement son siège vers la table.

— Merci.

— Je vous en prie.

— Le plat est encore très chaud. Si vous voulez me passer vos assiettes, je vais vous servir.

Meg se leva et, à l'aide d'une spatule métallique, découpa le plat.

— Double portion pour moi.

— Moi aussi.

Pour la première fois depuis longtemps, Toni se sentait

vraiment affamée. Très affamée.

— Moi aussi.

Les yeux de Meg s'agrandirent et elle et Adam tournèrent leur regard surpris dans sa direction.

Souriante, Toni haussa les épaules. Boston était à trois mille kilomètres. William était encore plus loin. Ici, au Texas, elle pouvait se détendre, profiter de son amie et du monde paisible dans lequel elle vivait.

Il était temps qu'Antoinette Castellano réintègre le monde.

CHAPITRE QUATRE

— Je sais bien qu'il n'y a pas de week-ends de repos dans l'élevage, dit tante Eileen en nouant son tablier préféré à motifs de pommes derrière son dos. Brooks était presque certain que c'était le seul tablier qu'elle possédait et qu'elle le réservait pour les occasions spéciales.

— Mais je ne vois pas pourquoi tu dois déplacer du bétail un dimanche alors que nous avons des invités qui viennent dîner.

— C'est un ranch d'élevage. Déplacer le bétail, c'est ce que nous faisons, répondit Finn, le plus jeune des Farradays, en embrassant sa tante sur la joue. Peut-être que si la meilleure ouvreuse de portail de ce côté de la rivière rouge venait nous aider…

Assez malin pour plonger et tournoyer hors de portée, Finn échappa de justesse au coup de cuillère en bois d'Eileen.

— Ne crois pas être trop grand pour une bonne claque sur les fesses.

Finn sourit comme un adolescent impertinent qui bernait la seule figure maternelle qu'il ait jamais connue, puis se tourna vers Brooks.

— Merci pour ton aide.

— J'avais besoin de me défouler. Même après une longue douche chaude, la douleur des muscles surmenés qui tiraillaient entre les omoplates de Brooks semblait bien d'accord.

— Pareil, dit Adam en entrant dans la cuisine, fraîchement douché et rasé, avec un grand sourire.

Travaillant régulièrement avec de grands animaux, ses muscles ne semblaient pas protester après une journée à rassembler du bétail rebelle et à réparer des clôtures endommagées comme le faisaient les muscles endoloris de Brooks.

— Papa termine à la grange. Il sera là dans un instant, dit D.J., le chef de police quand il ne jouait pas au cow-boy avec ses frères, en frappant ses talons à la porte arrière, accrochant son chapeau à un crochet voisin et, regardant le tablier coloré, souriant à sa tante.

— Nous devons avoir de la visite.

— Ne commence pas, Declan James, dit tante Eileen en commençant à peler les pommes de terre. Marmonnant entre ses dents, elle maniait l'éplucheur avec enthousiasme. J'ai élevé une bande de petits malins, voilà ce que j'ai fait.

— Je suis profondément blessé, dit D.J. en posant sa paume contre sa poitrine. Puis, à grandes enjambées, il traversa rapidement la cuisine de campagne, fit tournoyer sa tante comme s'il s'apprêtait à faire un do-si-do et, l'attirant dans ses bras, lui donna une forte étreinte. Mais tu nous aimes quand même.

Éclatant de rire, Eileen donna une légère tape sur l'épaule de D.J. et le repoussa.

— J'ai un tas de pommes de terre à cuisiner. Elle jeta un coup d'œil par la fenêtre de la cuisine et regarda en arrière. Vous feriez mieux de vous dépêcher de vous laver avant que les dames n'arrivent.

— Regardez ce que nous avons, dit Meg en ouvrant la voie depuis la porte d'entrée, les bras chargés de grands récipients en plastique. Toni, Becky et sa grand-mère Dorothy suivaient derrière.

Tante Eileen se retourna pour accueillir ses invitées.

— J'espère que ce sont ces délicieuses petites choses en forme de gâteau.

Le visage de Toni s'illumina aux mots de sa tante.

— C'est bien ça.

Le sourire de Toni l'attirait comme un enfant devant la vitrine d'une animalerie, rendant difficile pour lui de détourner le regard. Serrant fort ses dents du fond, il força un pied à se déplacer devant l'autre puis prit les conteneurs des mains de Meg avant qu'Adam ne l'atteigne. Brooks allait devoir trouver un moyen de mettre plus de distance entre lui et Toni au cours des prochaines semaines jusqu'à ce que le mariage d'Adam et Meg soit passé et que Toni retourne là où elle appartenait. Auprès de son mari.

Toni avait déjà rencontré la plupart des futurs beaux-parents de Meg. Tante Eileen lui rappelait un peu sa propre mère. Qu'elles soient irlandaises ou italiennes, les grandes familles se ressemblaient beaucoup. Bien qu'étant seulement l'une de deux enfants, Toni avait beaucoup de cousins. Repensant à son enfance et à la distance qui s'était installée entre ces relations autrefois proches depuis son mariage avec William, Tuckers Bluff renforçait sa conviction qu'elle avait fait le bon choix.

— Où dois-je mettre ceux-ci ?

Adam récupéra la pile supplémentaire de conteneurs qu'elle tenait et fronça les sourcils avec confusion.

— Combien de personnes attendons-nous ?

— Ils ne sont pas tous pour ce soir, intervint Becky. Certains vont à la clinique avec moi pour nos patients. Les quelques-uns que tu as apportés l'autre jour sont partis rapidement et tous ceux qui les ont essayés en ont absolument raffolé. Ça semblait apaiser l'anxiété de tout le monde concernant leurs animaux.

— C'est ce qui se passe quand la nourriture est faite avec amour, dit tante Eileen en agitant une pomme de terre pelée avant de revenir à son découpage. Ils ont eu du succès au Silver Spur. Abbie dit qu'ils ont été un grand succès auprès de toutes les dames qui surveillent leur poids.

Voyant les yeux de Toni s'écarquiller, Brooks faillit sourire.

— Ils ne sont pas diététiques, marmonna Toni.

— Bien sûr qu'ils le sont, dit tante Eileen en se frottant les mains contre les hanches. Elle tendit la main vers le plateau qu'Adam avait posé à côté d'elle et, en sortant un du plateau en plastique, sourit à Toni.

— Tant que tu n'en manges qu'un.

Puis elle prit une bouchée.

— Oh. Amandes.

— Ce que je ne comprends pas, dit Becky en prenant une de ces friandises glacées blanches, c'est comment tu restes si mince avec des desserts comme ça à portée de main ?

— Je n'en mange pas.

Presque toutes les têtes dans la pièce se tournèrent pour la regarder.

— Enfin, peut-être de temps en temps.

— Oh mon Dieu.

Le son de la voix de Toni fit se retourner tous les Farraday dans la pièce. Le brouhaha de bavardages qui avait envahi la cuisine à mesure que tout le monde allait et venait cessa instantanément.

Toni se tenait au milieu du garde-manger, bouche bée devant les étagères bien garnies.

— La cuisine de mon premier appartement n'était pas de moitié aussi grande que ça.

Fille de la ville. Comme si quelqu'un avait relancé le DVR, la famille et les invités retournèrent instantanément à leur tâche assignée : Becky aidant Eileen avec les pommes de terre, Dorothy mettant la table, et Meg se chargeant des haricots en conserve de tante Eileen tout en expliquant la quantité de nourriture cuisinée quotidiennement dans un ranch en activité. Cela fit rire Adam — la citadine expliquant le ranch. Les deux frères restaient occupés à transporter les chaises et la table pliante sur la véranda arrière pour la partie de cartes.

— Rappelle-moi, dit Brooks en posant une pile de chaises contre le mur. Pourquoi le club social joue-t-il aux cartes ici un dimanche soir ?

— D.J. m'a dit que lorsqu'il déjeunait au café vendredi, les femmes caquetaient toutes au sujet des cake balls. Elles voulaient que Toni se joigne à elles pour la partie de samedi, mais elle et les filles allaient à Abilene toute la journée. Toni a accepté de préparer d'autres de ces cake balls, mais ensuite je ne sais pas comment, Meg me dit qu'il y a une autre partie ce soir ici au ranch.

— On dirait qu'elle met de la cocaïne dans ces trucs vu comment tout le monde devient accro.

— Tu sais comment sont les femmes avec tout ce qui est chocolat.

— Depuis quand es-tu devenu un tel expert sur les femmes ?

Adam ne prit pas la peine de répondre, il attrapa simplement quelques chaises supplémentaires et lança à Brooks un sourire narquois. Il les ouvrit à côté de la table de jeu improvisée et son sourire s'effaça.

— J'ai parlé avec Papa ce matin. Il dit que Brennan a demandé à tante Eileen de l'aider à trier les affaires de sa femme. Elle a dit qu'elle le ferait après le mariage.

Brooks ouvrit une des chaises et s'immobilisa.

— Sa femme est morte depuis près de vingt ans.

Adam haussa les épaules.

— Il n'y a pas de délai pour le deuil.

— Oui, mais des décennies ?

— Tu te souviens comment était Papa.

— Ouais, soupira Brooks en prenant une autre chaise. Je me souviens encore du jour où Papa est rentré et a trouvé le placard de maman vidé. Grace avait environ un an, quelques taureaux qui se battaient avaient cassé la clôture du pâturage éloigné, et nous étions partis plusieurs jours pour rassembler tous les animaux égarés.

Adam détourna son attention vers le lointain.

— Il n'a pas crié. Il ne s'est pas emporté. Il n'a pas pleuré. Il a juste regardé tante Eileen et dit : « Je n'étais pas prêt. »

— Ensuite tante Eileen a cligné des yeux pour chasser les larmes et a dit : « Aucun de nous ne l'est. » Quand elle est passée devant Papa avec Grace sur sa hanche, Papa a tendu le bras, a attiré Grace dans ses bras et a passé le reste de la soirée dans la grange, assis sur une botte de foin, à lui raconter comment il avait courtisé Maman jusqu'à ce qu'elle l'attrape.

— Au moment où il en est arrivé au jour où ils ont appris que Grace était une fille, elle dormait profondément dans ses bras depuis des heures.

Brooks tourna son regard vers la cour latérale en direction de la maison de Brennan.

— Le vieux n'avait personne après le décès de sa femme. Sa fille n'est même pas venue pour les funérailles.

— Elle ne pouvait pas, dit D.J. en franchissant la porte arrière avec le plateau de jeu octogonal. Elle était morte.

Brooks et Adam se retournèrent tous deux, surpris.

D.J. haussa les épaules.

— Il y a environ un an, il m'a demandé de la retrouver. Il a dit qu'il était temps qu'il essaie à nouveau. Il s'est avéré qu'elle avait été tuée dans un accident de voiture des années avant le décès de Margorie. Le gendre de Brennan a vendu la maison et a déménagé à Chicago avec sa fille.

— La petite rousse ? demanda Brooks.

Adam hocha la tête.

— Je me souviens d'elle.

— C'était une peste, ajouta D.J.

— Elle n'était pas une peste, répondit Adam. Elle avait peur des chevaux.

D.J. écarta le commentaire d'un haussement d'épaules.

— C'est la même chose.

— C'était une citadine, loin de ses amis, qui manquait ses parents et qui était terrifiée par tous les grands animaux, dit Brooks. Je ne peux pas lui reprocher d'être un peu désorientée.

— Tu aurais dû être thérapeute, rit Adam. Peut-être qu'elle n'était pas si terrible. Est-ce qu'on sait ce qu'elle est devenue ?

D.J. haussa les épaules.

— Mon ami a obtenu une adresse pour Brennan. Je ne sais pas ce qui s'est passé après.

Brooks ne pouvait pas imaginer perdre le contact avec

Papa ou l'un de ses frères et sœurs. Même si Connor passait plus de temps à travailler ailleurs qu'à la maison avec la famille, que Grace étudiait à Dallas et qu'Ethan était à l'autre bout du monde en volant pour Oncle Sam, ils savaient toujours ce qui se passait dans la vie des uns et des autres. Du moins autant que l'Oncle Sam le permettait. Et il y avait l'oncle George de Papa et sa famille. Ils étaient aussi proches que des frères et sœurs même s'ils vivaient à des heures de distance.

— Quel genre de connard est le gendre, de toute façon ?

— C'est ce que je pensais, ajouta Adam.

— Pareil, renchérit D.J., puis il s'arrêta un instant avant de demander : Grace ne sort pas avec quelqu'un de spécial, n'est-ce pas ?

— Elle ne m'a rien dit, répondit Adam.

— À moi non plus, ajouta Brooks. Mais je ne suis pas sûr qu'elle nous le dirait si c'était le cas.

— Ouais. C'est ce que je pensais, soupira D.J. puis sourit. On a peut-être menacé de castration un petit ami de trop.

— Ce n'était pas une menace, ajouta Adam.

— Juste une promesse, conclut Brooks, les deux frères aînés riant ensemble.

— Peu importe, dit D.J. en se plaçant à côté de ses frères. Elle ne va pas épouser un trou du cul. Grace a beau être déterminée à vivre en ville, elle fait toujours partie de la famille. Elle n'épouserait pas un con comme le gendre de Brennan et ne nous couperait pas tous. Elle ne le ferait pas.

Sur ce point, Brooks était d'accord. Mais il s'inquiétait, un peu, de ce qui se passerait quand elle terminerait l'école de droit. La dernière fois qu'ils avaient parlé, elle semblait déterminée à rester à Dallas, et il ne pouvait pas lui en vouloir, il avait fait la même chose après sa résidence. Même D.J. avait commencé sa carrière dans les forces de l'ordre dans le Big D. L'attrait de la grande ville l'emportait toujours sur la ville natale ennuyeuse. Et il n'y avait pas beaucoup d'endroits pour utiliser ce fameux JD avec un MBA à Tuckers Bluff. Il espérait simplement que, contrairement à eux deux, Grace n'aurait pas à apprendre à ses dépens que rien ne vaut son chez-soi.

CHAPITRE CINQ

— Toc toc.

Nora, l'infirmière de Brooks, poussa la porte d'entrée du ranch familial et passa la tête dans la pièce.

— Désolée pour mon retard.

— Ne fais pas de cérémonie.

Sean Farraday se leva et alla accueillir l'amie de la famille à mi-chemin de la salle à manger, la déchargeant d'un grand bol recouvert de papier aluminium. L'homme avait élevé tous ses garçons pour qu'ils soient des gentlemen, par l'exemple — et occasionnellement une correction derrière la remise si un manque de respect intentionnel avait été découvert.

— Tout le monde est déjà à table.

— Bonsoir, dit Nora en se précipitant vers l'un des deux sièges vides. J'ai perdu la notion du temps en essayant de convaincre Charlotte Thomas de se joindre à nous.

Debout à côté d'elle, Brooks tira sa chaise, et tous les frères qui s'étaient levés à son arrivée reprirent leurs places.

— Elle semblait vraiment s'être amusée la fois où elle s'est jointe à nous, continua Nora sans reprendre son souffle, mais impossible de la convaincre de m'accompagner.

— C'est la troisième fois qu'elle refuse une invitation.

Becky se servit une grosse portion de pommes de terre gratinées et fit passer le plat. Pour quelqu'un de si mince, l'assistante d'Adam avait l'appétit d'un ouvrier de ranch après une journée à lutter avec le bétail pour le marquage et les vaccinations.

Nora avança sa chaise et adressa un merci silencieux à son patron. Plus d'une fois, elle avait commenté que la galanterie se mourait lentement sauf chez les Farraday. Se penchant en arrière, elle retira vivement sa serviette de la table pour la poser sur ses genoux, puis se pencha en avant, scrutant l'assemblée comme si elle était sur le point de violer la sécurité nationale.

— Charlotte a dit qu'elle ne se sentait pas bien.

Impossible de manquer le regard que la grand-mère de Becky et tante Eileen échangèrent. Ces deux femmes étaient amies depuis si longtemps qu'elles pouvaient presque lire dans les pensées l'une de l'autre, ce qui rendait difficile de faire des cachotteries quand ils étaient enfants. Même maintenant, Brooks reconnaissait la façon dont sa tante l'étudiait. Elle cherchait un indice montrant qu'il en savait plus qu'il n'en disait. Dans ce cas, que Charlotte Thomas était venue le consulter professionnellement.

— Tu sais, dit-il en croisant le regard de sa tante, même si Charlotte était venue me voir, je ne pourrais rien dire.

— Peut-être qu'elle attend un enfant, suggéra Dorothy.

— C'est possible, approuva tante Eileen, toujours en train de scruter Brooks de son œil studieux. Ça expliquerait pourquoi nous ne l'avons pas beaucoup vue en ville dernièrement et pourquoi elle n'aurait pas encore besoin de consulter un médecin.

— Plus que dernièrement, ajouta Nora.

Le visage de tante Eileen pâlit et elle planta les yeux sur son neveu.

— Je me fiche de ces stupides lois HIPAA. Est-ce que Charlotte est traitée pour quelque chose de plus grave ?

Toni observait l'expression de Brooks. Elle pouvait presque voir la bataille qui se déroulait en lui. La force dans ses yeux profonds et colorés lui donnait littéralement la chair de poule. Il cligna des yeux et prit une longue inspiration.

— Les lois HIPAA ne sont pas à prendre à la légère, mais s'il y a quelque chose qui ne va pas médicalement chez Charlotte, elle n'est pas venue me consulter à ce sujet.

Sa réponse surprit Toni ; elle pensait que les obligations légales de sa profession prendraient le pas sur la demande de sa famille. Ce ne fut pas le cas et, pour une raison étrange, cela la rendait inexplicablement heureuse. Ce n'était pas sa famille. Rien de tout cela n'avait d'impact sur elle, et pourtant elle se sentait plus forte de savoir qu'il aimait tant sa famille.

— Ne pensez-vous pas, mesdames, que vous faites toute une montagne d'une taupinière ?

Sean Farraday gardait les yeux sur la tâche de découper son faux-filet.

— Peut-être qu'elle est simplement fatiguée. Ces dernières années, le vieux Jake Thomas a passé plus de temps avec ses chevaux qu'au magasin d'aliments. J'imagine que Jake Jr. a eu un mal fou à revenir à la maison et à faire entrer cet endroit dans le XXIe siècle.

— Peut-être, mais quand même…

Tante Eileen serra fermement les lèvres.

— Papa a raison.

Finn, qui n'avait pas dit grand-chose jusque-là, fit un signe de tête à son père.

— Au début, traiter avec Jake Jr. était le jour et la nuit par rapport à son vieux père. Toujours un sourire. Toujours quelques minutes pour discuter de la famille. Et Dieu sait que recevoir des factures générées par ordinateur au lieu des pattes de mouche du vieux Jake a facilité la comptabilité pour nous. Mais dernièrement, il me rappelle de plus en plus son père.

— C'est dommage.

Tante Eileen se rassit confortablement.

— J'ai toujours bien aimé le jeune Jake. Je pensais qu'il tenait du tempérament de sa mère. J'espère que, quoi que ce soit, ça se résoudra bientôt.

— Nous traversons tous des périodes difficiles, ajouta Adam, glissant sa main gauche à côté de celle de Meg ; ses doigts repliés en dessous, il frotta doucement de ses phalanges le dos de son poignet.

En réponse, Meg lui gratifia d'un tendre sourire. Ce minuscule geste d'amour et de soutien fit désirer à Toni ce qui aurait dû être. Comment avait-elle pu se tromper à ce point sur William ? Et être si aveugle à ce qu'était devenue sa vie ?

— Il est temps pour ces vieux os d'aller au lit.

Le patriarche des Farraday se leva de son fauteuil préféré dans le salon et se tint devant ses trois fils.

— L'heure de nourrir les veaux de printemps arrive sacrément tôt à cette période de l'année.

— Et si tante Eileen reste tard à jouer aux cartes, elle ne va pas nous préchauffer les cabines, ajouta Finn.

— Elle fait toujours ça ?

Adam regarda son plus jeune frère.

— J'aurais cru qu'elle aurait arrêté.

— Pourquoi ? demanda leur père. Quand elle est arrivée au ranch, il n'y avait pas grand-chose qu'elle pouvait faire. Un matin, je suis sorti et le camion d'alimentation tournait. L'intérieur était bien chaud. Ça lui donnait l'impression de contribuer au travail. Non pas qu'élever votre bande d'indisciplinés n'ait pas été plus de travail que de maîtriser un taureau furieux.

Brooks se souvenait aussi de ce jour. Sa tante s'était précipitée dans l'obscurité d'avant l'aube pour préparer une partie de la nourriture de la journée avant que Grace ne se réveille. Le moment s'était démarqué d'abord parce que sa tante ne sortait jamais avant le lever du soleil, mais ce matin-là, encore en pantoufles, elle avait enfilé un manteau, était sortie en courant, puis était revenue tout de suite. Plus tard, après le départ de son père, elle était restée à regarder par la fenêtre. Le grondement du moteur du camion avait rempli la pièce et un énorme sourire avait illuminé son visage. C'était la première fois qu'il avait vu sa tante sourire aussi radieusement depuis la mort de sa mère. Il ne l'avait jamais oublié. Maintenant, tout prenait sens pour lui.

Après quelques tapes dans le dos et des gestes d'au revoir, Adam et Brooks furent les derniers frères restés dans le salon. Pendant quelques gorgées de café, les deux s'assirent dans un silence paisible. Brooks avait du mal à se faire à l'idée du mariage à venir. Éventuellement, tous les frères se marieraient. D'une certaine façon, ils le savaient tous. Mais quand même, Brooks avait toujours pensé qu'il y aurait une période d'adaptation à l'arrivée d'une autre femme dans la famille. L'un d'eux sortirait avec quelqu'un pendant quelques mois. À ce stade de leur vie, ils n'auraient pas besoin de plus que cela pour savoir s'ils avaient enfin rencontré la bonne femme, puis il y aurait une période de cour sérieuse suivie de beaucoup de préparatifs pour le mariage.

Il y a quelques mois, personne n'avait même entendu parler de Meg O'Brien et maintenant, on aurait dit qu'elle avait tout simplement toujours fait partie de la maison des Farraday. Peut-être que c'est comme ça qu'un homme sait quand il a trouvé la bonne fille. Peut-être qu'elle… s'intègre tout simplement. Quoi qu'il en soit, il était vraiment heureux pour son frère.

— Tu as l'air bien sérieux tout d'un coup.

Adam se renversa dans son siège.

— À quoi penses-tu ?

— À toi.

— Moi ?

Adam se redressa brusquement.

— Qu'est-ce que j'ai fait ?

— Tu as trouvé une femme.

Cette fois, Adam retomba contre le confortable canapé, un sourire taquin aux lèvres.

— Ah. Ça. Je dois admettre que j'en suis un peu surpris, mais…

— Mais quoi ?

Adam devint sérieux.

— Je ne me souviens pas de ce qu'était la vie avant de voir Meg debout sur la route.

Brooks s'en souvenait. Il la vivait maintenant. Ordinaire. Routinière. Comme les poules, debout avec le soleil, traverser la journée avec une diversion occasionnelle ici ou là, tomber épuisé la nuit, puis recommencer. Pas une mauvaise vie. Tous ses frères aimaient ce qu'ils faisaient. Bon, sauf peut-être Connor. Il ne travaillait sur les plateformes que pour un jour payer son rêve. Et, bien que la plupart d'entre eux aient choisi des carrières en dehors de l'élevage, ils aimaient tous le ranch et aidaient quand on avait besoin d'eux. Il n'échangerait sa petite ville contre rien au monde. La vie dans une grande ville n'était définitivement plus pour lui.

— Et toi ? demanda Adam.

— Maintenant, tu parles comme tante Eileen.

— Désolé.

Adam se leva.

— Tu veux une autre tasse ?

— Ouais. Encore une et puis je vais devoir partir aussi.

Brooks suivit son frère dans la cuisine.

— Un morceau du gâteau aux miettes de tante Eileen me semble aussi pas mal.

— Pas de cake balls ?

— Nan. Trop de sucre. Ça me ralentit.

— Salut, fit Toni en revenant des toilettes du rez-de-chaussée et en s'arrêtant à la table de la cuisine. Tante Eileen a dit que je pouvais me servir un peu de glace.

— Tu ne prends pas une de tes cake balls ? demanda Brooks.

— Non.

Elle secoua la tête.

— J'ai envie de la glace maison.

Brooks ne pouvait pas la contredire. La glace de tante Eileen, avec ses tartes et ses légumes en conserve, remportait la plupart des rubans bleus de la foire du comté.

— Un peu de café pour accompagner ? Adam tendit une tasse fumante dans sa direction.

Toni se tourna vers le frigo.

— Non merci.

— Comment se passe la partie ?

Brooks savait qu'il aurait dû garder le silence, la laisser se servir sa glace et retourner sur la véranda arrière, mais sa bouche ne coopéra pas. Quelque chose en lui voulait en savoir plus sur cette femme, même si ce n'était dans l'intérêt de personne.

— J'ai joué seulement quelques mains. Maintenant je regarde juste. Mais si tu comptes les gains, tante Eileen et Dorothy, la grand-mère de Becky, semblent être au coude à coude.

— Heureusement qu'elles ne jouent qu'avec des jetons et pas pour de l'argent.

Adam tendit une tasse de café à son frère.

— Sinon Meg pourrait perdre sa dot.

— C'est vrai. Dis la vérité, Brooks sourit à son frère. Combien as-tu dû la payer pour qu'elle accepte de t'épouser ?

Adam fit un pitoyable effort pour froncer les sourcils et s'éloigna, mais ça ne marchait pas. Il n'y avait pas moyen de masquer son sourire. Le gars était trop heureux.

— Ils forment un super couple.

Toni s'assit et plongea sa cuillère dans le monticule de glace.

— C'est vrai.

Les bonnes manières l'empêchaient de la laisser seule dans la cuisine. Il se répéta cela plusieurs fois en traversant la pièce pour prendre place en face d'elle.

— Tu as fait tes études avec Meg ?

Elle acquiesça.

— Colocataires à l'université. Réunies par le hasard du tirage au sort.

— Mais tu n'es pas du Texas ?

— Non. Nord du Massachusetts. Je vis à Boston maintenant.

— Tu n'as pas l'accent de Boston.

Il sourit, espérant ne pas l'avoir offensée, et sourit sincèrement de soulagement quand elle sourit en retour.

— Oh, je pourrais pahker ma voiture avec les meilleurs. Mais…

Elle baissa les yeux, tripotant sa glace.

— Je suppose qu'on pourrait dire que j'ai appris à prononcer mes R.

Il ne savait pas pourquoi, mais il n'aimait pas la façon dont sa dernière phrase était sortie.

— C'est bien que Meg et toi n'ayez pas perdu contact.

— C'est plus grâce à Meg qu'à moi.

Sa cuillère ralentit à nouveau et Brooks se demanda ce qui se passait.

— Elle a persévéré.

— La vie a tendance à nous garder occupés.

— Ouais. La vie.

Elle laissa tomber la cuillère et repoussa l'assiette.

— Je devrais retourner auprès des autres dames.

— Je m'en occupe.

Il tendit la main vers le bol en même temps qu'elle. Ce ne fut qu'un bref instant et à peine un contact, mais la chaleur qui jaillit entre eux de ce contact momentané le surprit. Une paire d'yeux sombres, expressifs et très surpris cligna vers lui. L'envie de se pencher en avant et d'effacer la surprise d'un baiser fut encore plus choquante pour lui que la décharge qui venait juste de passer entre eux. Bon sang, il était dans un sacré pétrin.

Elle cligna à nouveau des yeux, ses yeux toujours grands ouverts, mais elle ne bougea pas. L'air entre eux devint inexplicablement épais. Brooks avait du mal à expliquer pourquoi prendre sa prochaine respiration était si difficile. Seul le cri perçant d'une femme le sortit de ses pensées et le fit bondir à travers la cuisine et par la porte de derrière.

— Oh, mon Dieu. Ne bouge pas.

Tante Eileen s'agenouilla à côté de son amie puis hurla bruyamment :

— Brooks !

— Je suis là. Que s'est-il passé ?

Allongée sur le dos, les yeux fermés, Nora restait parfaitement immobile.

— Nora et Meg allaient marcher jusqu'à la grange pour voir la nouvelle jument de Connor.

Inspirant profondément, Nora ouvrit les yeux.

— J'ai eu la brillante idée de prendre un raccourci. Qui aurait su qu'il y avait un grand trou sur le côté de la véranda ?

— Moi, marmonna tante Eileen. Mais tu as bougé avant que je puisse t'arrêter.

— Quel trou ? demanda Adam, maintenant debout dans l'attroupement autour de l'infirmière tombée.

— Oh, une bestiole a creusé des trous le long de la véranda arrière pour se tenir au chaud la nuit.

Eileen agita un bras en direction du bord proche de la véranda.

— Nous devons installer une balustrade.

— Pas besoin. Je ne ferai plus ça.

Nora regarda les étoiles en clignant des yeux.

— Je crois que je peux m'asseoir maintenant.

— Attends une minute.

Brooks s'agenouilla à côté d'elle, souleva doucement sa jambe et fit pivoter sa cheville.

— Est-ce que quelque chose te fait mal ?

Elle inspira longuement.

— Comme pas deux.

Pas de surprise. L'articulation en question était déjà visiblement enflée. En silence, il remercia le ciel que, en raison de la propension aux fractures dans ce territoire, il ait récemment choisi de conduire sa vieille guimbarde une année ou deux de plus et, à la place, d'investir dans un équipement de radiographie.

— On ferait mieux de t'emmener au cabinet pour prendre quelques clichés de ce pied.

— Je suis sûre que tout ce dont j'ai besoin est de la glace et un bandage élastique.

Nora tendit ses bras vers le ciel.

— Que quelqu'un m'aide à me lever.

Tous les regards se tournèrent vers Brooks. Avec un haussement d'épaule, il fit un signe de tête à l'assemblée.

Nora parvint à peine à se pencher en avant avant de grimacer de douleur et de s'arrêter.

— D'accord. Peut-être qu'on a un petit problème ici.

Le regard de Brooks se tourna vers Toni, maintenant agenouillée à côté de lui. Nora avait peut-être un petit problème, mais de son point de vue, lui avait définitivement un sacré gros problème.

CHAPITRE SIX

— Je pensais vraiment que toute la famille allait nous accompagner en ville. Depuis la banquette arrière, Nora se reposait, calée sur une centaine de coussins tandis qu'elle glaçait sa cheville. — Je crois que Tante Eileen a raté sa vocation dans la vie.

Toni ne savait pas trop comment c'était arrivé, mais dans l'agitation pour rassembler la glace, s'occuper de Nora et déléguer les tâches, la logistique pour transporter à la fois Nora et sa voiture était devenue si compliquée que Toni avait fini par mettre ses index entre ses dents et souffler bruyamment. Toutes les têtes s'étaient tournées vers elle, et elle avait calmement insisté pour conduire la voiture de Nora. — Pourquoi dis-tu ça ?

— Cette femme aurait fait un sacré général.

— D'accord, tu as peut-être raison. Jusqu'à maintenant, je n'avais vu que la joueuse de cartes. Ce soir, j'ai pu la voir en mode matriarche et après ta chute, eh bien, elle a vraiment pris cet air d'ourse en colère.

— Je n'arrive pas à croire que j'ai fait ça. Je devrais savoir qu'il ne faut pas quitter le sentier la nuit. C'est une erreur de citadine.

Toni jeta un coup d'œil à Nora dans le rétroviseur et se promit mentalement de rester sur le sentier si jamais elle retournait au ranch.

— Je suppose que j'ai de la chance que la bestiole qui se cache dans ces trous ne soit pas un crotale.

— Un quoi ? Sûrement que crotale signifiait quelque chose de totalement différent. Comme le surnom d'un mignon chat de grange.

— Les serpents sont partout dans l'ouest du Texas.

Pourquoi crois-tu que tout le monde porte des bottes ?

— Le fumier de vache.

— Aussi. Nora ferma les yeux. — Ce n'est vraiment pas bon. Les lundis sont presque aussi terribles que les pleines lunes. Le cabinet va être une maison de fous. Elle inspira brusquement et Toni pensa qu'elle avait mal. — Mince. Et les triplés Montgomery ont rendez-vous pour leur ROR à 9 heures demain. Zut.

— Il doit bien y avoir quelqu'un au cabinet qui peut aider, non ?

— Non. Il y a plus de bétail que de personnes dans cette partie du pays et tout ce que nous pouvons faire, c'est de la médecine familiale de base. Pour l'instant, il n'y a que nous deux. Je suis infirmière en chef, réceptionniste et comptable occasionnelle.

— Eh bien, je peux t'aider avec la comptabilité si tu en as besoin.

— Vraiment ?

— En supposant que deux et deux font toujours quatre, oui vraiment. Cela faisait longtemps qu'elle n'avait pas mis son diplôme de comptabilité à profit.

— La comptabilité, c'est bien. Je suis infirmière, pas mathématicienne. Dans le rétroviseur, le sourire de Nora s'élargit autant que la banquette arrière. — Comment te débrouilles-tu pour répondre au téléphone ?

Brooks devait avoir perdu la tête. C'était la seule explication possible pour qu'à 7h45 du matin, il soit à son bureau, à guetter attentivement le grincement de la porte d'entrée et l'arrivée de Toni. Même après des heures à se tourner et se retourner et plusieurs tasses de caféine à haute puissance, Brooks n'était toujours pas sûr de comment il en était venu à accepter que l'amie de Meg remplace Nora.

« Ce ne sera que quelques jours. » C'est ce que Nora avait dit une fois que les radiographies avaient montré qu'il n'y avait ni fracture ni cassure. Violette et gonflée comme un pamplemousse, marcher sur sa cheville n'allait pas être possible du jour au lendemain. Plus probablement, avec des lésions des tissus mous, Nora allait se déplacer avec des béquilles pendant quelques semaines. Finalement, elle passerait à une botte orthopédique, mais pas avant le mariage et le retour de Toni chez elle.

« Quelle merveilleuse idée », avait ajouté Meg. « Je n'aurai pas à me sentir coupable de laisser Toni seule à la maison. »

Dieu merci, Brooks n'avait pas une minute de temps libre dans son emploi du temps aujourd'hui. S'il y avait un dieu au ciel, et il croyait qu'il y en avait un, peut-être serait-il trop occupé pour même remarquer que Nora était absente et que la boulangère italienne la remplaçait.

— Youhou, appela la voix de Meg depuis le couloir.

Le Seigneur avait-il jugé bon de lui accorder un répit et d'envoyer sa future belle-sœur pour remplacer la femme qui occupait beaucoup trop ses pensées ? — Par ici.

Brooks se leva et traversa la pièce, rencontrant Meg à la porte de son bureau.

— Le café est dans un creux avant la prochaine vague de clients. J'ai pensé accompagner Toni jusqu'ici.

— Je ne vois pas pourquoi, lança Toni depuis l'autre pièce.

Meg pouffa. — Je suppose qu'elle n'a pas tort. Nous avons parlé avec Nora tôt ce matin. Pendant les sept minutes du trajet jusqu'au café, Nora a rempli Toni d'informations sur l'emploi du temps, le système, les téléphones, et comment tu oublies de manger.

— Je n'oublie pas. Il n'avait simplement pas le temps. Le premier patient allait arriver d'une minute à l'autre. Il pourrait tout aussi bien suivre Meg dans la salle d'attente et commencer la journée.

— Bonjour, Toni sourit depuis la cafetière, et Brooks décida qu'il allait avoir besoin de bien plus que de la caféine pour traverser la journée. — Un pot frais sera prêt dans une minute.

— Bonjour. Et merci.

— Bon, je ferais mieux de retourner au dîner avant que

mon patron pense que je suis retournée à Dallas. Avec un signe de la main pour Brooks et un baiser sur la joue pour Toni, Meg fit volte-face et sortit rapidement par la porte pour traverser la rue.

Avant qu'il ne puisse dire un mot, Toni lui tendit une tasse fumante. — Peu de crème, un sucre. Je ne l'ai pas fait très fort. J'espère que ça te convient.

— Merci. Apparemment, Nora pouvait partager beaucoup d'informations en seulement sept minutes, et il n'était pas surpris que Toni n'ait pas voulu préparer un café corsé.

— Arlene Montgomery et les triplés sont en retard, Nadine Peabody a annulé son rendez-vous de 8h30 parce que Sadie ne se sent toujours pas bien, ce qui tombe bien parce que Burt Larson a marché sur un clou dans le plancher de la quincaillerie et vient pour un vaccin antitétanique.

Toni récitait les noms comme si elle avait vécu dans cette ville toute sa vie et pas seulement en visite depuis quelques jours. Et quand avait-elle appris tout cela ?

— Je n'ai pas entendu le téléphone sonner. Ou avait-il été tellement distrait qu'il avait manqué les appels ? Non, ce n'était pas possible.

— C'est parce qu'il n'a pas sonné. Toni sourit. — Nadine a appelé le bureau d'Adam à la première heure ce matin. À son tour, Becky a envoyé un message à Meg qui me l'a dit. Burt Larson vient à pied et s'est arrêté pour prendre un muffin chez Abbie, et Mme Montgomery entrait juste au café pour prendre un déjeuner emballé pour M. Montgomery.

— Comment as-tu fait ça ?

Le front de Toni se plissa de confusion. — Fait quoi ?

— Retenir tous ces noms et rendez-vous correctement ? Tu n'as même pas d'aide-mémoire.

Un rire étouffé vint de Toni. — C'est facile. Je suis italienne.

— Pardon ?

— As-tu déjà vu le film Mariage à la grecque ?

— Qui ne l'a pas vu ?

— Eh bien, ça aurait aussi bien pu être *Mariage à l'italienne*. Dans le film, l'héroïne avait des oncles, tantes, cousins et nièces tous nommés Nick ou Nicki. J'ai un Oncle Angelo, une Tante Angela, une cousine Angie et une nièce Angelina. Même si je n'ai qu'un seul frère, j'ai plus de cousins germains que je ne peux en compter sur mes doigts. Dès le plus jeune âge, s'il y a une chose qu'une bonne Italienne sait gérer en plus de sa cuisine, ce sont les noms et les drames.

Il n'était pas sûr d'être prêt pour une leçon sur le drame. Du moins pas avant quelques tasses de café supplémentaires. Mais il n'y avait pas de décision à prendre. La porte s'ouvrit et Burt Larsen entra. La journée avait commencé.

Faire bonne figure ce matin et venir travailler avec des gens avait demandé un effort olympique de gymnastique mentale. Cela faisait très longtemps que Toni n'avait pas été aussi occupée ou entourée d'autant de personnes. Et elle adorait ça.

— Je jure que cet homme a vraiment le don avec ses patients. Fouillant dans son sac tout en jonglant avec un bébé sur la hanche, la femme en face d'elle sourit. — Avant, il fallait aller à Butler Spring pour se faire soigner, et en plus le médecin de la clinique sans rendez-vous là-bas est plutôt grincheux. Pas le Dr Farraday. Il est terriblement agréable à regarder.

Gardant ses yeux sur le dossier que Brooks lui avait remis, même si elle était d'accord avec la femme, il n'y avait aucune chance que Toni le dise. — Le docteur aimerait revoir Jason dans deux semaines. Voulez-vous prendre rendez-vous maintenant ?

— Bien sûr.

Toni planifia la visite, fière d'elle-même pour n'avoir eu besoin d'appeler Nora qu'une seule fois pour un rappel sur le programme informatique que Brooks utilisait. Gérer le cabinet s'avérait être facile et amusant. Et, comme elle était limitée dans l'aide qu'elle pouvait apporter à Brooks, après sa prochaine pause, elle allait jeter un coup d'œil aux livres de comptes.

Dès que la porte se referma derrière le dernier patient de la matinée, Toni se leva et se dirigea vers la petite cuisine derrière la salle d'attente. Une des choses que Nora lui avait dites, c'était que Brooks oublierait de manger. Apparemment, c'était une mauvaise habitude que Brooks et Adam partageaient, et que Nora et Becky faisaient de leur mieux pour corriger. D'après ce que Toni pouvait voir, Nora avait absolument raison. Pendant la majeure partie de la matinée, Toni était restée au bureau à s'occuper des patients qui entraient et sortaient et à parcourir les feuilles de calcul. Nora avait raison sur autre chose : les maths n'étaient pas son point fort. À quelques reprises, Toni avait dû rester dans la salle d'examen avec Brooks. Une fois quand le patient phobique des seringues avait besoin d'une main à tenir pendant que Brooks prélevait du sang, et une autre fois quand il avait besoin de son assistance limitée pour suturer l'entaille sur le pied d'un petit garçon.

Pas une seule fois elle n'avait vu Brooks faire un détour entre la courte distance de son bureau, la salle d'examen ou l'accueil vers la minuscule cuisine qui servait principalement de laboratoire. Non pas que ça importait. Elle était venue préparée.

— Excuse-moi. Plat en main, elle tapota légèrement à la porte du bureau.

Assis derrière un grand bureau en bois, Brooks leva à peine son regard pour rencontrer le sien. — Le prochain rendez-vous est en avance ?

— Non. Elle avança dans la pièce.

Le regard de Brooks tomba sur le plat dans sa main, et Toni jura avoir vu une lueur de sourire avant que son expression ne redevienne neutre.

— C'est l'heure du déjeuner. Tu n'as que trente minutes avant le premier rendez-vous de l'après-midi. J'ai pensé qu'un sandwich escalope de poulet parmesan serait un bon équilibre de glucides et de protéines pour te faire tenir l'après-midi sans t'endormir.

Cette fois, un sourire releva ses lèvres. — Merci. Mais tu n'avais pas à te donner cette peine. Je suis sûr que nous avons quelque chose dans le frigo.

— Du yaourt et quelque chose qui a peut-être été de la salade de poulet dans une vie antérieure.

Brooks rit, tendit la main vers la serviette qu'elle avait posée devant lui à côté de l'assiette, et elle se demanda quand exactement William avait cessé d'apprécier sa cuisine au profit des plats à emporter.

Brooks prit sa première bouchée et étouffa un gémissement satisfait. — C'est fantastique.

Cela n'aurait pas dû la rendre si heureuse qu'il aime ça, mais c'était le cas. Beaucoup. — Contente que tu le penses.

Elle avait à peine pivoté sur ses talons quand il demanda :

— Tu manges quelque chose ?

— J'ai aussi apporté un sandwich pour moi.

— Pourquoi ne prends-tu pas une chaise et ne te joins-tu pas à moi ?

Nora avait dit qu'elle laissait habituellement Brooks seul pour manger et rattraper sa paperasse et ses dossiers du matin, mais Toni était contente de s'asseoir et de discuter. Elle était curieuse d'en apprendre plus sur ce frère Farraday. Probablement trop curieuse.

— D'accord, merci.

Elle n'eut besoin que d'un moment pour rassembler son assiette et sa boisson et rejoindre son patron temporaire.

— Tu t'en es très bien sortie là-bas. Merci.

— De rien. C'était amusant.

— As-tu déjà travaillé dans un cabinet médical ?

Quelque chose dans la question lui semblait drôle. Peut-être parce qu'elle était si loin de ses compétences, ou peut-être parce que travailler pour gagner sa vie et être mariée à William Bennet n'allaient pas de pair.

— Non. Je suis comptable de métier.

— De métier ? Tu ne fais plus de comptabilité ?

— Mon mari gagne bien sa vie.

Brooks garda son regard fixé sur le sien. Elle pouvait

voir qu'il attendait d'en savoir plus, mais elle n'était pas tout à fait sûre d'être prête à partager le cauchemar que sa vie était devenue.

CHAPITRE SEPT

Masochiste fut le premier mot qui traversa l'esprit de Brooks alors qu'il attendait que Toni en dise plus sur son mari. Ou peut-être était-ce simplement la leçon dont il avait besoin. Plus que l'alliance à son doigt, une véritable image de l'homme auquel Toni était liée. La raison pour laquelle Brooks devait mieux réprimer ses... quoi... sentiments ? Il ne pouvait pas avoir de sentiments pour Toni ; il venait à peine de la rencontrer et ne la connaissait certainement pas. Mais comme un foutu phare, de ceux qui clignotent dans la nuit noire pour aider les secours à localiser un marin perdu, il ne pouvait pas réprimer cet instinct de survie qui le poussait inexorablement vers cette femme.

Il lui fallut quelques secondes de plus pour sortir de ses pensées et remarquer son regard baissé. Mais plus inquiétant encore fut la façon dont elle avait reposé son sandwich et commencé à pincer les feuilles de laitue qui dépassaient entre les tranches de pain. Il lui fallut une autre seconde pour réaliser qu'elle ne portait pas son alliance.

— Que fait ton mari dans la vie ?

Ses doigts s'immobilisèrent.

— Ingénieur. Il est associé principal dans l'une des plus grandes entreprises privées de génie civil du pays.

Une telle déclaration s'accompagnerait normalement d'une expression de fierté. Au lieu de cela, elle continuait à fixer son assiette. Encore une chose qui ne lui plaisait pas. Une multitude de questions se bousculaient dans sa tête. Aucune ne laissait présager quoi que ce soit de positif.

— Tu as dit que tu étais comptable ?

Ses yeux rencontrèrent les siens et un coin de sa bouche

se releva légèrement.

— Mon père disait toujours qu'il ne suffisait pas d'avoir un diplôme, qu'il me fallait une carrière. La comptabilité semblait plus facile que la faculté de médecine.

— Pas pour moi, répondit-il sans réfléchir.

Ses yeux s'élargirent de surprise puis s'illuminèrent d'humour.

— Pas doué pour les maths ?

— Pas mauvais, mais ça m'ennuyait terriblement.

— C'est vrai.

Elle hocha la tête et prit une petite bouchée de son sandwich. Il était content de voir que l'ombre qui l'avait soudain assombrie s'était dissipée.

— Les chiffres ne me dérangent pas. J'aime trouver l'équilibre dans les choses.

— C'est vrai, imita-t-il, ravi de voir son sourire s'élargir. Alors, que fais-tu de ton temps quand tu ne secours pas des médecins avec des infirmières hors service ?

Son regard se baissa à nouveau et il regretta de ne pas avoir gardé sa bouche fermée. Lorsque ses yeux se relevèrent pour rencontrer les siens, la lumière s'était à nouveau éteinte.

— Pas grand-chose maintenant.

Son regard glissa vers la fenêtre, puis la porte, avant de revenir.

— La première année de notre mariage, j'ai travaillé pour un cabinet comptable de taille moyenne. C'était un bon choix pour moi. C'était plus comme une famille qu'un travail.

Elle posa son sandwich à moitié mangé sur le bureau.

— William n'aimait pas rentrer dans une maison vide. Pas que ça arrivait souvent, mais parfois, à la fin du mois, je devais travailler tard. Comme nous voulions fonder une famille, je me suis tournée vers le bénévolat. C'était plus facile de contrôler mon emploi du temps.

— Quel genre de bénévolat ?

Son visage s'illumina un peu.

— Mon préféré était d'enseigner la cuisine au

programme après l'école du centre de loisirs. Le centre proposait de nombreuses activités sportives pour les enfants athlétiques et l'accès à des ordinateurs pour les passionnés d'informatique, mais les enfants entre les deux étaient plus difficiles à occuper. La cuisine est quelque chose que tout le monde doit faire à un moment ou un autre. Même les garçons.

— Je suis très compétent avec un micro-ondes.

Il lui sourit. La vérité était que Tante Eileen avait appris à tous les frères et sœurs à cuisiner, mais rien dans la vie d'un étudiant en médecine ou d'un interne ne s'accorde bien avec le fait de prendre le temps de cuisiner.

— Tu as dit "était" ?

— Je ne fais plus de bénévolat.

Elle se leva et afficha un sourire crispé.

— Ton prochain client devrait être là d'une minute à l'autre. Je m'occupe de la vaisselle.

— Je peux m'en occuper.

— Pas de problème. Appelle-moi folle, mais je ne déteste pas ranger une cuisine. Je suppose que c'est encore cette histoire d'équilibre.

Avant que Brooks ne puisse décider si elle avait raison ou si elle était folle d'aimer nettoyer, Toni était déjà à mi-chemin dans le couloir. Trente minutes, et la seule chose de plus qu'il avait apprise sur elle, c'était que quelque chose, quelque part, l'avait très gravement blessée — et ça ne lui plaisait vraiment pas.

— Tu as travaillé toute la journée aujourd'hui aussi, dit Meg en vidant le lave-vaisselle. Tu n'as vraiment pas besoin de cuisiner en plus.

— J'aime ça. Tu le sais.

Toni tourna sur elle-même, agitant un pot d'épices vers Meg.

— C'est probablement génétique.

— J'en doute.

Meg huma l'air.

— Maman est à moitié italienne. Pourtant, on est toutes les deux allergiques à la cuisine.

Meg disait cela avec un tel sérieux que Toni ne put s'empêcher de rire avec elle. La journée avait été agréable. Même si cela avait remué son passé, même la pause déjeuner avait été un plaisir. Ce qui lui remontait vraiment le moral, c'était qu'elle avait l'impression de faire une réelle différence. Pouvoir corriger la comptabilité et équilibrer les tableurs pour Nora lui rappelait qu'elle était capable de bien plus que la vie étriquée à laquelle elle avait été reléguée à Boston. En ajoutant qu'elle allait continuer à aider Brooks au bureau pendant au moins quelques jours de plus, elle n'avait pas été aussi heureuse depuis très longtemps.

— Tu souris encore. Qu'est-ce qu'il y a ?

— Je suis juste heureuse d'être ici avec toi.

Meg ferma la porte du lave-vaisselle et s'approcha de la cuisinière.

— Je suis contente que tu sois venue aussi. Tu m'as manqué.

Se tournant sur place, Toni enveloppa son amie dans un câlin reconnaissant.

— Moi aussi.

— Est-ce que tu vas un jour me dire ce qui s'est passé ?

Meg se recula, le regard attentif posé sur Toni.

— Je ne sais pas de quoi tu parles.

— On est passées d'amies qui discutaient constamment, à des appels ou messages brefs et secs, puis à une carte de Noël polie une fois par an. Maintenant, heureusement, tu es de retour comme si rien n'avait changé entre notre diplôme et mon mariage. En plus, chaque fois que je te demande comment s'est passée ta vie pendant toutes ces années, j'obtiens une liste des réussites de ton mari. C'est presque comme si tu n'avais pas eu de vie propre.

Toni remua encore une fois la casserole qui mijotait. Meg avait raison. Petit à petit, William l'avait réduite jusqu'à ce qu'il devienne tout son univers. En moins d'une semaine, son amie d'autrefois avait mis le doigt dessus, alors qu'il avait fallu des années à Toni pour finalement voir la même chose.

— Honnêtement, je ne comprends toujours pas moi-même ce qui s'est passé.

Elle posa la cuillère en bois et se tourna à nouveau vers Meg. Il était temps de dire à quelqu'un ce qui se passait réellement dans sa vie.

— J'ai demandé le divorce.

Les yeux de Meg s'écarquillèrent en cercles parfaitement ronds.

— Quoi ?

— Hé.

Le bruit des bottes d'Adam sur le perron arrière parvint jusqu'à la cuisine.

— Comment vont les deux plus jolies filles de Tuckers Bluff ?

Meg continua à fixer Toni jusqu'à ce qu'Adam l'attire dans ses bras puis, comme semblait être sa routine chaque fois qu'il entrait dans une pièce avec Meg, il l'entraîna dans leur propre monde privé.

Se frottant les mains le long des cuisses, Toni reporta son attention sur les casseroles sur la cuisinière. Chaque fois que son ancienne amie se blottissait dans les bras d'Adam pour un baiser de bonjour, Toni se sentait comme une voyeuse. Et pire encore, elle était jalouse. Jalouse de l'époque où William n'avait d'yeux que pour elle. D'un temps où elle était traitée comme une princesse, couverte de fleurs et de dîners aux chandelles, de belles paroles, de visages souriants et de promesses d'un bonheur éternel. Et elle avait été heureuse. Follement heureuse. Pendant un moment. Un court moment. Très court.

— J'espère que tu laisses toutes ces recettes à Meg ?

Adam relâcha son emprise sur sa fiancée et entra complètement dans la cuisine de l'ancienne auberge.

— Absolument.

Meg se tenait derrière Adam en levant les yeux au ciel. Ce geste ramena Toni de l'endroit glacial où ses pensées l'avaient une fois de plus conduite et elle afficha un mince sourire.

— Mais ta tante Eileen est une sacrée bonne cuisinière.

— C'est vrai, acquiesça Adam. Mais elle cuisine pour des éleveurs. Des plats en sauce et des plats qui tiennent bien au corps après avoir travaillé toute la journée avec des vaches, des taureaux, des clôtures et des camions en panne. Par contre, tu pourrais ouvrir un restaurant chic si tu le voulais.

— Je ne veux pas.

Cuisiner pour gagner de l'argent enlèverait tout le plaisir. Préparer des repas pour les gens qu'elle aimait était une chose. Travailler dans une cuisine chaude pour des étrangers ne l'intéressait pas du tout.

— Une pâtisserie ? demanda-t-il, ses yeux parcourant les comptoirs.

— Non. Pas de pâtisserie non plus, et avant que tu ne demandes, aider Brooks ne m'a pas laissé assez de temps pour faire des gâteaux aujourd'hui.

Adam tapota sa taille.

— C'est probablement une bonne chose.

Le grincement de la porte d'entrée fit que Meg et Adam échangèrent un regard interrogateur avant qu'Adam ne s'éloigne, levant un doigt vers Meg pour lui indiquer de rester dans la cuisine. Ce geste protecteur surprit Toni ; ce n'était pas comme s'ils vivaient dans une grande ville infestée de criminels, et pourtant, en même temps, la réaction immédiate d'Adam raviva chez Toni l'impression d'avoir vécu avec un véritable prince. Meg avait tellement de chance.

— Il y a quelqu'un ?

La voix grave lui sembla familière, mais quand Toni regarda Meg, son amie haussa les épaules et secoua la tête.

— Qu'est-ce que tu fiches ici ?

La voix d'Adam parvint jusqu'à la cuisine accompagnée de bruits de tapes amicales dans le dos. Une seconde plus tard, Adam et ce qui devait être un autre frère Farraday entrèrent dans la cuisine en riant.

Dommage que Toni ne soit pas productrice de téléréalité. Dépassant largement le mètre quatre-vingts, avec des cheveux noirs ondulés et un bronzage hâlé mettant en valeur ses yeux vert forêt, ce type méritait sa propre émission télé. Ajoutez le reste du clan Farraday et elle pouvait voir la moitié des femmes d'Amérique reluquer les vrais cowboys de l'ouest du Texas pendant une demi-heure tous les mardis soirs, à heure fixe.

— Bonjour.

Le frère aux yeux verts lui tendit la main.

— Je suis Connor. Vous devez être la pâtissière dont tout le monde ne cesse de parler.

— Toni.

Elle accepta sa main.

— Et je ne sais pas pour "tout le monde".

— Moi, je sais.

Connor sourit plus largement, creusant les petites rides au coin de ses yeux et rendant son visage encore plus séduisant.

— D'abord Ned à la station-service, ensuite les gens à la coopérative agricole. Tout le monde avait quelque chose à dire. Que du bien.

Toni pouvait sentir la chaleur lui monter aux joues. Pendant trop longtemps, elle avait vécu sans que personne ne lui dise sincèrement quelque chose de gentil.

— Alors, qu'est-ce qui t'amène ?

Adam s'installa sur l'un des tabourets de l'îlot.

— J'ai décidé de me faufiler en ville avant mon prochain boulot. Brennan m'a laissé un message vocal disant qu'il est prêt à vendre.

Les yeux d'Adam s'élargirent.

— Est-ce que Finn est au courant ?

— C'est pourquoi je suis ici. Je sais qu'il voulait ce terrain pour le ranch. Il est temps d'avoir une discussion entre frères.

Adam hocha la tête.

La porte d'entrée grinça à nouveau et cette fois, Toni reconnut la voix.

— Quelqu'un a acheté un nouveau camion ou cette vieille carcasse dehors signifie que notre frère perdu de vue vient encore squatter le dîner ?

Souriant d'une oreille à l'autre, Brooks entra dans la pièce et donna une tape sur l'épaule de son frère cadet.

— Je rentrais chez moi quand j'ai remarqué Ruby garée devant.

Le four sonna et Toni sursauta. Elle avait oublié qu'elle avait réglé la minuterie pour le poulet.

— Si vous pouvez attendre encore vingt minutes, je vais transformer ça en gratin. Ça devrait suffire pour une personne de plus.

Connor huma l'air et prit le tabouret à côté de son frère aîné.

— J'en suis.

— Pas besoin d'insister.

Au lieu de prendre place sur l'un des tabourets restants autour de l'îlot massif, Brooks vint dans sa direction et s'arrêta si près qu'elle pouvait presque sentir la chaleur de son corps à côté du sien.

— Est-ce que je peux aider pour quelque chose ?

— J'ai presque tout préparé. Si tu pouvais mettre ce dessous de plat là-bas.

Elle tourna à gauche, il tourna à droite. Leurs bras se heurtèrent et elle se retrouva face à face avec Brooks, à quelques centimètres de lui.

— Je, euh…

Brooks ne dit pas un mot. Il ne bougea pas. Ses yeux la transperçaient avec une intensité brûlante qui la maintenait clouée sur place. Pendant un bref instant, son regard descendit vers ses lèvres, puis remonta vers ses yeux. L'envie de s'avancer et de l'embrasser était si forte qu'elle se sentit vaciller vers lui.

Un semblant de bon sens perça l'emprise invisible que son regard avait sur elle et elle tourna sur elle-même pour faire face au comptoir. Son esprit était embrumé, ses extrémités engourdies, et, mon Dieu, ses joues s'empourprèrent une fois de plus pour de très mauvaises raisons.

CHAPITRE HUIT

Avec l'arrivée de dernière minute de D.J. à la maison, il était impossible de faire durer le gratin de Toni pour un appétit robuste de plus. Aller au café était la solution la plus logique. Premier à la porte du café, Brooks la tint ouverte pour les dames.

— Merci, marmonna Toni.

Meg répéta la formule de politesse plus clairement en franchissant le seuil.

— Ouais, merci, petit frère.

Avec un sourire exagéré adressé à Brooks, Adam suivit les femmes dans le seul restaurant de la ville.

Sans hésiter, comme ils le faisaient enfants à cheval, d'un geste unique et rapide, Brooks fit tomber le chapeau de son frère et lui rendit son sourire.

— À ton service.

— Eh bien, dit Abbie Kane, la propriétaire du café en se précipitant de derrière le comptoir pour accueillir le groupe, quelle agréable surprise. Quatre pour le dîner ?

— Six, précisa Adam. Connor et D.J. nous suivent.

Les mots avaient à peine quitté les lèvres d'Adam que la clochette au-dessus de la porte tinta et les deux frères supplémentaires retirèrent leurs chapeaux et entrèrent d'un pas lourd.

— Connor !

Abbie dépassa le groupe et serra rapidement le plus jeune homme dans ses bras.

— Je vais devoir dire à Frank de te préparer une fournée de frites de patates douces. Ça fait une éternité que tu ne nous as pas honorés de ta présence.

— J'accepte du travail supplémentaire quand c'est

possible, Abbie, mais…

— Ne m'appelle pas Abbie comme ça. Je ne suis pas assez vieille pour être ta mère.

— Non madame.

Les regards verrouillés, Connor lui sourit et, pour la première fois, Brooks se demanda s'il n'y avait pas quelque chose de plus que de la simple amitié entre Abbie et Connor. À en juger par l'ombre d'un froncement de sourcils sur le visage de D.J., la même pensée semblait lui traverser l'esprit.

Les chaises raclèrent le sol tandis que six personnes s'installaient autour de la grande table près de la fenêtre arrière. Brooks s'attarda un moment supplémentaire, attendant que Toni prenne place, puis choisit de s'asseoir à l'autre bout de la table. Une once de prévention et tout ça. Le reste de sa journée de travail après le déjeuner avait été comme n'importe quel autre jour. Des genoux écorchés, des vaccins contre la grippe et des douleurs articulaires l'avaient tenu occupé. Toni ne lui avait même pas traversé l'esprit. Quand elle était partie pour la journée, il avait été si absorbé par les résultats de laboratoire qu'il avait marmonné un poli merci sans même lever les yeux.

S'il n'avait pas repéré le vieux camion Ruby de Connor devant chez Meg, Brooks ne se serait pas arrêté. Bien que, s'il était honnête avec lui-même, si Toni n'avait pas séjourné chez Meg, Brooks n'aurait pas regardé dans la rue de Meg en premier lieu. C'est pourquoi il était plus logique pour lui de s'asseoir à l'opposé d'elle à table.

Dommage que dès qu'il se fut assis, Meg se leva et annonça :

— La climatisation souffle sur ma nuque.

Pendant les minutes qui suivirent, les chaises bougèrent et les pas se bousculèrent jusqu'à ce que Meg soit confortablement installée loin des bouches d'aération ainsi qu'à côté d'Adam. Ce qui signifiait que maintenant, au lieu d'être à une longueur de table de Toni, Brooks était assis juste à côté d'elle.

— Je suis vraiment désolé d'avoir gâché votre dîner, dit D.J. à Toni de l'autre côté de la table.

— Venir au café pour dîner était une bonne suggestion.

Toni déplia sa serviette.

— Mon Tetrazzini au poulet peut aller assez loin, mais quatre hommes aussi grands que des arbres auraient peut-être été trop ambitieux.

D.J. rit, Connor afficha ce sourire qui faisait habituellement fondre la moitié des femmes du comté, et, en observant l'aisance avec laquelle ses frères plaisantaient avec Toni, Brooks serra les dents.

— Ce qui cuisait sentait drôlement bon.

Connor pointa son pouce vers ses frères.

— J'aurais été heureux de laisser n'importe lequel d'entre eux mourir de faim.

— Je parie que oui, rit Adam en pointant Connor du doigt. En grandissant, si tu ne gardais pas les yeux sur ton assiette, celui-ci te volait les biscuits sous le nez.

Connor haussa les épaules.

— Tu ronfles, tu perds.

Comme ils avaient tendance à le faire à table au ranch, les frères dominèrent la conversation.

D.J. se plaignit des coupes budgétaires.

— Je ne veux pas avoir à licencier un agent. Nous sommes déjà assez peu nombreux dans ce comté.

Adam et Connor parlèrent des chevaux sauvages.

— Il y a des rumeurs de déplacer à nouveau le troupeau. Ce que nous savons tous, c'est que c'est une façon politique de dire que les plus faibles finiront en nourriture pour chiens.

Mais assise silencieusement, Toni était celle qui l'avait surpris. Même quand Meg avait abordé le sujet du mariage, Toni était restée plutôt silencieuse, sans être perdue dans ses pensées ; son attention semblait fixée sur ce qui se passait de l'autre côté du café.

— Alors, quel est le plan ? demanda D.J. à Connor.

— Je ne sais pas encore. Mais si tout se passe comme je l'espère, l'année prochaine à la même époque, je travaillerai avec des chevaux au lieu de puits de pétrole.

— Tante Eileen va aimer ça, dit Meg.

— Ouais, ajouta D.J., toi et Ethan êtes en tête de sa liste

quotidienne d'inquiétudes.

— Travailler dans les champs pétroliers est beaucoup plus sûr que de transporter les forces spéciales dans une zone de guerre.

Pendant une fraction de seconde, la table devint silencieuse. C'était toujours difficile de se rappeler que le travail d'Ethan, piloter un hélicoptère, n'était pas le plus sûr dans l'armée.

Puis Connor ajouta :

— En parlant de notre frère aux cheveux blonds, des nouvelles intéressantes ?

— Toujours pareil, intervint Brooks. Nous n'avons aucune idée d'où il se trouve, mais il semble avoir été réaffecté. Les dernières fois qu'il a fait un Skype, il était à l'intérieur et au frais. Ça n'avait pas cette atmosphère désertique.

— Oh, ce serait bien. Peut-être qu'ils l'ont transféré en Allemagne ou dans un endroit tout aussi sûr.

Meg avait déjà cette expression de sœur inquiète.

— J'en doute, dit D.J. S'il était en Allemagne, il pourrait nous le dire.

Chacune portant un lourd plateau chargé de plats, Abbie et Shannon, l'autre serveuse, vinrent à la table. Elles posèrent les assiettes une par une. Les couverts cliquetèrent et les serviettes s'agitèrent tandis que chacun se préparait à manger. Seule Toni semblait distraite. Son regard s'était à nouveau fixé de l'autre côté de la salle.

La curiosité poussa Brooks à balayer le restaurant dans la direction de son regard. Qu'est-ce qui, ou qui, ne cessait d'attirer son attention ?

Dans un recoin de son esprit, Toni entendait sa mère répéter : « Ce n'est pas poli de fixer les gens. » Mais elle ne pouvait s'en empêcher. Quelque chose chez la femme dans le box à l'autre bout du café avait attiré son attention et elle ne pouvait s'arrêter de regarder jusqu'à ce qu'elle résolve l'énigme.

— Tout va bien ? demanda Meg en se penchant et en parlant doucement, pointant l'assiette intacte de Toni.

— Oh. Oui, ça a l'air délicieux.

Elle avait commandé le saumon et regrettait maintenant de ne pas avoir opté pour quelque chose de moins… poissonneux. Prenant une bouchée de purée de pommes de terre, elle rassura Meg avec un pouce levé.

— Combien de temps allez-vous rester ? demanda Connor.

Pas assez longtemps.

— Je suis ici pour le mariage.

Arrêtant sa fourchette en plein air, Meg regarda Toni droit dans les yeux.

— Tu es la bienvenue aussi longtemps que tu veux.

Sans aucun doute, les paroles gracieuses de son amie étaient motivées par leur conversation précédente. L'offre fit sourire Toni. À l'université, elles avaient été proches comme les doigts de la main. Cela ne devrait pas la surprendre maintenant de voir Meg là pour elle, tout comme à l'époque.

— Merci.

Une fois de plus, un mouvement à la table d'en face attira son attention. Seulement cette fois, elle reconnut ce qu'elle n'aimait pas. C'était subtil, mais bien présent. Chaque fois que l'homme tendait le bras à travers la table pour le sel, ou le poivre, ou cette fois le menu des desserts, la femme avec lui tressaillait. Un léger raidissement des épaules. Toni espérait de tout cœur qu'elle se trompait, mais à chaque mouvement brusque, la femme semblait se préparer au pire.

— Quelque chose ne va pas ?

Si absorbée à observer le couple, elle avait encore une fois négligé son repas. Seulement cette fois, la question ne venait pas de Meg mais de Brooks, et il ne pointait pas son assiette mais regardait la même table qu'elle.

— Je ne sais pas, répondit-elle.

Ses sourcils se levèrent, plissant son front. Comme les

rides du rire de Connor, les sillons du front de Brooks ne faisaient qu'ajouter à son sex-appeal. Sauf que comme pour Adam, le charme de Connor n'avait aucun effet sur elle. Brooks, en revanche, se penchant si près, lui faisait faire des loopings à l'estomac.

— Qui sont ces gens là-bas ? chuchota-t-elle.

Son regard balaya la zone générale qu'elle observait.

— Quelle table ?

— Le box avec la blonde et l'homme en chemise blanche.

— Jake Thomas et sa femme, Charlotte. Il dirige maintenant la boutique d'alimentation. Entreprise familiale. Il est revenu de Houston pour prendre la relève de son père. Pourquoi ?

Il répondit à la question mais continua de garder son regard fixé sur le couple.

— Je ne suis pas sûre.

Il reporta son attention sur elle.

— Si, tu l'es.

— Peut-être.

Elle chercha du regard un endroit où ils pourraient parler en privé, mais ne trouva pas de bonne raison. Ce qu'elle voulait vraiment, c'était un prétexte pour regarder de plus près.

— J'aimerais avoir une raison…

Ses paroles restèrent en suspens et, lorsqu'elle reporta son regard sur Brooks, il l'étudia pendant une seconde puis recula sa chaise.

— Je crois que j'ai besoin de me dégourdir les jambes après ce dîner.

Debout, il se tourna vers Adam.

— Je vais marcher jusqu'à chez toi pour récupérer ma voiture.

— C'est une très bonne idée.

Tapotant son ventre, Toni repoussa sa chaise et se leva. Elle était déjà allée aux toilettes, mais cela ne lui avait pas permis de mieux voir la table en question. Brooks venait de lui donner l'excuse parfaite pour passer devant la table et y jeter un meilleur coup d'œil. La marche jusqu'à la maison lui permettrait de poser quelques questions et de réfléchir à ses idées sans éveiller de soupçons.

— Ça te dérange si je t'accompagne ?

CHAPITRE NEUF

En escortant Toni hors du café, Brooks ralentit son pas et se dit que si la dame voulait regarder de plus près, alors c'est ce qu'elle aurait. Et peut-être qu'il comprendrait ce qui la captivait tant.

— Salut, Jake, dit Brooks en s'arrêtant au pied de la table. Désolé de ne pas avoir eu l'occasion de passer à la boutique d'alimentation pour te souhaiter officiellement la bienvenue.

— Pas de souci. Arborant un énorme sourire, Jake Jr. sortit du box et tendit la main à Brooks. La plupart des Farraday sont déjà passés, et ta tante nous a approvisionnés avec suffisamment de conserves maison pour tenir pendant deux hivers.

— Content de l'entendre.

Souriant, Brooks se tourna vers la femme de Jake.

— Comment trouvez-vous Tuckers Bluff jusqu'à présent ?

— Elle adore, répondit Jake, toujours souriant comme le grand gagnant d'un concours à la foire d'État. N'est-ce pas, chérie ?

La petite blonde hocha la tête, son regard ne croisant pas tout à fait celui de Brooks.

— C'est une charmante ville.

— Oui, monsieur. Nous sommes ravis d'être de retour chez nous. Houston c'est bien pour visiter, mais ce n'est pas chez soi. Tu vois ce que je veux dire ?

— Tout à fait.

Il n'avait pas particulièrement envie d'y aller non plus.

— Ça fait combien de temps que vous êtes rentrés ?

— Presque deux mois.

— Wow. J'ai vraiment été négligent. On devrait réunir quelques-uns des gars autour d'une bière et partager des souvenirs exagérés du lycée.

Jake éclata d'un rire profond et frappa l'épaule de Brooks.

— Quand les Farraday étaient impliqués, pas besoin d'exagérer. Bon sang, on a passé de bons moments ensemble.

— Ouais, sourit Brooks en retour. C'est vrai. On doit absolument se retrouver autour d'une bière.

Jake lui serra à nouveau la main et reprit sa place.

— Ça me va. Peut-être ce week-end.

— Je vais voir qui est libre.

S'éloignant de la table avec un signe de la main et se dirigeant vers la porte, Brooks faillit poser sa main dans le bas du dos de Toni mais se retint juste à temps.

— Tu le connais bien ? demanda Toni dès que la porte du café se fut refermée derrière eux.

— Il fut un temps. C'est une petite ville où tous les jeunes se fréquentaient même s'il y avait des années d'écart entre nous. Je crois que Jake a l'âge de Connor. Je sais qu'il est plus jeune que moi. Quoi qu'il en soit, il est parti il y a un moment.

— On dirait que sa femme n'est pas d'ici.

Toni marcha à ses côtés sur le trottoir.

— Je ne suis pas sûr d'où elle vient. Lors d'une visite à la maison – je crois que j'étais encore interne – Tante Eileen a mentionné que Jake Jr. s'était marié.

— Donc c'était il y a un moment ?

Il ralentit son allure pour s'adapter à la sienne.

— Oui, je suppose. Pourquoi ? À quoi servent toutes ces questions ?

— Il semblait heureux, amical. Presque trop heureux.

Elle avait glissé ses mains dans ses poches et détourné les yeux.

— Je ne sais pas. Il a toujours été du genre à rire et à plaisanter. Un cran au-dessus du clown de la classe.

— Pas méchant ?

— Jake ?

Tendant le bras, Brooks saisit son coude, l'arrêta, et fit une pause pour regarder Toni. Son expression était neutre, mais il pouvait presque voir les rouages de son esprit tourner.

— À quoi penses-tu ?

Retirant doucement son bras, elle continua à marcher lentement.

— As-tu remarqué qu'il a répondu à la place de Charlotte ?

Jake l'avait-il fait ? Le gars avait toujours été très sociable à l'école. L'âme de toutes les fêtes.

— Je suppose que non.

— Si. Tu as demandé comment elle aimait la ville et Jake a répondu qu'elle l'adorait.

— Et… ?

— Sa femme a à peine placé un mot.

— Eh bien, ce n'est pas surprenant, nous ne nous sommes jamais rencontrés auparavant. Peut-être est-elle timide.

— Peut-être, mais je pense que c'est plus que ça.

Brooks repassa la brève conversation dans son esprit. Ça s'était déroulé comme une douzaine d'autres conversations polies entre deux gars qui ne s'étaient pas vus depuis des années. Quelques rires, quelques souvenirs, et l'invitation polie obligatoire qui ne se concrétiserait probablement jamais.

— J'ai déjà vu ça avant.

— Vu quoi ?

— Le gars sociable, l'ami de tous, capable de charmer une nonne pour lui faire enlever sa culotte ou un roi pour le faire descendre de son château. Il épouse la jolie fille, la gentille fille, la fille aux grands rêves. Lentement, ses rêves deviennent les siens.

— Ce n'est pas toujours une mauvaise chose. Un mari et une femme devraient pouvoir partager un rêve.

— Partager, pas étouffer. Ses amis, les personnes qu'elle croyait plus proches que sa famille, sont discrètement écartés jusqu'à ce que ses seuls amis soient les siens. Bientôt, elle n'a plus de rêves, plus d'amis, plus de voix. Il pense pour elle, il rêve pour elle, il parle pour elle.

Le regard de Toni restait fixé sur la rue principale, mais Brooks gardait son attention sur elle et le tableau qu'elle peignait. La profondeur de ses mots faisait dresser les poils sur ses bras.

— Puis, un jour, quand elle est en retard pour le dîner, ou n'a pas recousu un bouton, ou peut-être a oublié d'emmener son costume porte-bonheur au pressing, le prince jovial montre un côté plus sombre et elle se retrouve à trembler chaque fois qu'il élève la voix.

— Et ses mains ?

— Ça vient plus tard. Après qu'elle est complètement convaincue que tout ce qui ne va pas dans son monde est de sa faute. Si seulement elle était plus rapide, plus intelligente, plus jolie, plus drôle. Même les choses dans lesquelles elle excellait semblent lui échapper. Alors une forte prise du bras et de violentes secousses qui laissent des marques violettes ne peuvent être que sa faute. La prochaine fois, elle sera plus intelligente, plus drôle, plus rapide. Elle fera mieux et il n'y aura pas de marques. As-tu regardé son visage ?

Les doigts serrés en poings contre ses flancs, Brooks cligna des yeux. La question était inattendue.

— Je l'ai vue.

— Moi aussi. Tu veux savoir ce que j'ai vu ?

Brooks hocha la tête. Ils venaient de dépasser le chemin menant au B&B de Meg, mais il resta silencieux.

— Des rêves brisés, un espoir perdu et de la peur. Mais ce n'est pas le pire.

Il se prépara à entendre des mots qu'il ne voulait pas entendre.

— J'ai vu du maquillage.

— Du maquillage ?

Il ne comprenait pas. Toutes les femmes portent du maquillage.

— Sa joue gauche, elle n'a tourné la tête que suffisamment pour le voir une fois. Une couche épaisse de fond de teint et de blush. Pas le fond de teint ordinaire qu'une femme utilise pour cacher une nuit blanche ou quelques taches de vieillesse. Le type de maquillage intensif que les acteurs utilisent pour cacher les tatouages et autres imperfections. Le genre de maquillage qu'une femme achèterait pour cacher aux étrangers que son mari n'est pas le gentil prince charmant que le reste du monde croit qu'il est.

— Jake ?

Le gars qu'il avait connu à l'école aurait fait un détour pour éviter d'écraser une fourmi. Toni devait se tromper.

— Parfois les choses ne sont pas ce qu'elles semblent être.

Elle s'arrêta au coin de la rue. Regarda par-dessus son épaule le panneau de rue et revint là où ils auraient dû tourner.

— Les choses sont rarement ce qu'elles semblent être, c'est pourquoi je sais que j'ai raison. Charlotte Thomas est en danger.

Il ne voulait pas y croire. Ne voulait pas penser que quelqu'un qu'il avait connu et apprécié pourrait devenir quelqu'un qu'il ne supportait pas. Ne voulait pas accepter que la laideur qu'il avait laissée derrière lui à Dallas puisse surgir si facilement ici, dans son petit coin de paradis. Ne voulait pas penser qu'en tant que soignant, celui qui était censé signaler les abus conjugaux aux autorités, et qui l'avait fait plus de fois qu'il ne voulait s'en souvenir, il aurait pu manquer la liste d'indices que Toni lui avait présentée. Et pire encore, il ne voulait pas savoir pourquoi Toni connaissait si bien les méthodes d'un agresseur.

— Comment peux-tu en être sûre ?

Les yeux plissés, son regard se mit à niveau avec le sien. Au lieu de la tristesse qu'il avait vue se glisser dans ses yeux auparavant, ces orbes bleu profond le fixaient avec détermination et colère.

— Parce que j'étais elle.

Avait-elle vraiment prononcé ces mots ? Il y a peu, elle

n'aurait pas remarqué les Charlotte Thomas de son monde. Et elle n'aurait certainement pas admis qu'elle était l'une d'elles. Toni croisa les bras et chassa le frisson qui la parcourait.

— Je n'ai jamais dit ça à voix haute auparavant.

Bien que le frisson qui remontait le long de sa colonne vertébrale ait peu à voir avec la baisse de température accompagnant le coucher du soleil printanier, Brooks retira sa veste en jean et la posa délicatement sur ses épaules. Pendant les quelques secondes les plus longues de sa vie, ses doigts reposèrent prudemment sur ses épaules. À un moment, elle était sûre qu'il allait l'attirer dans une étreinte réconfortante, une chaleur dont elle avait désespérément besoin. Mais au lieu de cela, il recula d'un pas.

— On devrait te mettre à l'abri. L'air de la nuit est sur le point de tomber comme un bloc de glace.

Restant parfaitement immobile, le temps entre ses prochains mots fut si long que Toni se demanda s'il avait pu perdre son chemin.

— Si tu veux parler davantage,

il leva le menton et pointa vers une maison grise et blanche d'un étage en diagonale de l'endroit où ils se tenaient,

— c'est chez moi là-bas. Ou on peut retourner chez Meg.

Il ne lui fallut que cinq secondes pour savoir qu'elle devait dire à quelqu'un ce qui se passait et, malgré sa déclaration antérieure à Meg, Toni n'était tout simplement pas prête à partager avec sa meilleure amie d'autrefois à quel point elle avait été idiote. Elle était aussi incapable de partager ses échecs avec son amie que Toni l'avait été de révéler la vérité sur son monde à sa famille. Sa mère croyait toujours que c'était la vie chic et huppée de Toni qui l'empêchait de participer aux événements familiaux et de répondre aux appels. Jusqu'à récemment, même Toni n'avait pas été prête à affronter sa réalité.

— Chez toi, s'il te plaît.

Un bref hochement de tête et plaçant sa main chaude dans le bas de son dos, il la guida à travers la route et le long du chemin de pierre jusqu'à l'ancienne maison de style artisan.

— C'est un peu spartiate, mais c'est propre.

D'après ce que Meg avait dit sur le temps que Brooks passait au travail, puis à conduire dans tout le comté pour s'occuper de ceux qui ne pouvaient pas venir à lui, il n'était pas étonnant que la maison spartiate mais propre soit parfaite. Elle l'aurait décrite comme Célibataire 101. Lignes épurées, couleurs sombres, télévision massive. Et pas un grain de poussière.

— C'est bien.

— Merci.

L'homme avait son téléphone en main et faisait glisser ses doigts sur l'écran.

— J'informe Adam que tu es ici pour que Meg ne s'inquiète pas. Tu veux quelque chose à boire ?

— Bonne idée. Et non merci.

Encore un hochement de tête et les deux se déplacèrent maladroitement au milieu de son salon jusqu'à ce qu'il indique un fauteuil à proximité.

— Celui-ci est le plus confortable.

Et probablement son fauteuil préféré.

— En fait, un thé serait vraiment bien.

— Je vais mettre la bouilloire.

— Tu as une bouilloire ?

Elle le suivit dans la cuisine. Contrairement au salon élégant, la cuisine était plus proche de l'original, peut-être avec une nouvelle couche de peinture.

— Honnêtement ?

Elle hocha la tête.

— Ce sera sa première utilisation.

Il réprima un sourire qui fonctionnait dix fois mieux que sa veste pour la réchauffer de l'intérieur. Et combien elle se sentait en sécurité.

— Qu'allons-nous faire au sujet de Charlotte Thomas ?

Boîte de thé en main, Brooks ferma le placard et lui fit face.

— Je ne sais pas encore. Dis-m'en plus.

— Elle tressaillait chaque fois que son mari attrapait

quelque chose.

— Je veux dire à propos de toi.

— Oh.

Elle avait besoin de faire quelque chose. Ouvrant un tiroir à proximité, elle trouva des couverts et les posa sur le comptoir en carrelage.

— Je suppose qu'on pourrait m'appeler la grenouille dans une casserole d'eau froide.

— Pardon ?

— Si le fermier jetait une grenouille dans une casserole d'eau bouillante, la grenouille serait assez intelligente pour sauter et s'échapper. Mais si le fermier jette la grenouille dans une casserole d'eau froide et augmente lentement la chaleur, avant qu'elle ne sache ce qui lui arrive, la grenouille est cuite.

Elle souffla un soupir.

— Je me sens comme une idiote.

— Tu n'es pas une idiote. Loin de là.

— Tout ce que j'ai dit avant était vrai. William était la réponse au rêve de toute fille concernant le Prince Charmant. Attentionné, prévenant et beau. Du moins c'est ce que je ressentais. Je n'ai jamais rien vu venir.

— Rien vu venir de quoi ?

— L'eau bouillante. Le vrai William. Le contrôleur, le manipulateur. Il était si jaloux. Au début, je pensais vraiment que c'était parce qu'il m'aimait tellement.

Brooks posa la bouilloire sur la cuisinière et attendit. Il était doué pour ça.

— Un jour, le portier de notre immeuble m'a souri. Avant ça, je pensais que l'amour et la confiance allaient de pair. William a conclu que le portier et moi devions avoir une liaison. L'idée entière était si ridicule que je ne l'ai pas pris au sérieux. Même après que nous avons eu un gentil nouveau portier âgé, il ne m'est jamais venu à l'esprit qu'il y avait un lien.

Elle s'assit sur un tabouret à proximité.

— Mais il y en avait un.

Toni hocha lentement la tête.

— Tant de connexions que j'ai manquées.

— Mais tu les vois maintenant ?

Hochant à nouveau la tête, elle se frotta la joue.

Les yeux de Brooks se plissèrent et ses lèvres s'amincirent.

— Il t'a frappée.

Ramenant sa main sur le comptoir, elle prit une profonde inspiration.

— Une seule fois. C'était suffisant.

— Et maintenant ?

— Je ne suis pas totalement sûre. Je planifie depuis cette nuit-là.

Les coudes sur le comptoir, Brooks se pencha en avant.

— Quand il t'a frappée ?

Elle acquiesça.

— Économiser assez d'argent pour quitter un mari bien connecté quand on n'a pas d'emploi n'est pas facile.

— Et ta famille ? Ne t'aideraient-ils pas ?

— Bien sûr.

Elle joua avec une cuillère à thé.

— S'ils savaient. Je ne veux jamais qu'ils apprennent que ma vie n'était pas le rêve qu'ils, que nous, pensions que je vivrais. Mais plus que ça, j'ai peur de ce que William pourrait leur faire si je rentrais chez moi avant que tout soit terminé. Si je règle ça toute seule, ils ont une dénégation plausible.

— Tu vois.

Brooks sourit.

— Très intelligente. Pas du tout idiote.

Elle se sentait beaucoup plus intelligente aujourd'hui.

— Quoi qu'il en soit, j'avais économisé assez pour engager un avocat quand William a été appelé en déplacement de façon si inattendue. C'était une opportunité en or que je devais saisir. Le timing de son voyage et du mariage de Meg était trop beau pour le laisser passer. Je n'ai pas vraiment réfléchi à l'avance.

La bouilloire siffla et Brooks s'éloigna.

— Et le bébé ?

— Bébé ?

— Tu ne pensais pas que je le remarquerais ?

Soulevant la bouilloire fumante du feu, il la regarda à travers ses longs cils sombres.

— À chaque fois que je t'ai vue, tu es allée aux toilettes plus souvent que toutes les personnes de la pièce réunies. Hier soir au ranch, tu es devenue aussi verte qu'un trèfle irlandais quand Adam a agité la tasse de café sous ton nez, je n'ai jamais connu personne qui mettait du beurre de cacahuète sur de la glace à la pêche, et ce soir tu as détourné le nez du saumon.

— Tu es enceinte de combien ?

CHAPITRE DIX

— Non. Toni secoua la tête avec véhémence. — Tu te trompes. Je ne peux pas avoir d'enfants.

Les nausées et les problèmes de vessie pouvaient être symptomatiques de nombreuses choses. Mais le beurre de cacahuète et la glace à la pêche ?

— Pourquoi dis-tu ça ? demanda Brooks.

— Même si nous avions parlé de fonder une famille, je rangeais le bureau de William, je l'aidais à faire de l'ordre.

L'homme qu'elle avait décrit ne semblait pas être du genre à vouloir de l'aide pour rester organisé, mais Brooks n'allait pas le souligner tout de suite.

— Il avait un dossier pour un Dr Pendleton. Le nom ne ressemblait à aucun de nos médecins habituels, alors j'ai regardé à l'intérieur.

En mélangeant du miel dans son thé, Brooks leva les yeux sans relever la tête.

— Pendant que tu faisais le ménage ?

Un soupçon de sourire taquinait le coin de sa bouche. Elle savait qu'elle avait été démasquée.

— William gardait souvent de petites sommes d'argent dans son bureau. Quoi qu'il en soit, il s'avère que mon tendre époux a eu une vasectomie et ne me l'a pas dit. Donc tu vois, il ne peut pas y avoir de bébé.

Les coudes sur la table, pliant sa main droite sur sa gauche, Brooks ferma les yeux et posa momentanément son front sur ses mains fermées. Toni allait très probablement avoir un réveil brutal et bon sang, il ne voulait pas être celui qui le lui annoncerait. Levant son regard pour rencontrer pleinement le sien, il étendit ses paumes à plat sur le comptoir et se lança.

— Il y a combien de temps qu'il a fait cette procédure ?

— Environ six mois.

Exactement ce qu'il craignait qu'elle réponde.

— Les vasectomies, comme les pilules contraceptives ou n'importe quelle contraception, ne sont pas garanties à cent pour cent, même si elles offrent les meilleures chances de succès. Les statistiques montrent que les risques de tomber quand même enceinte sont plus élevés dans les premiers mois suivant l'intervention. Il y a une petite chance que ton mari puisse être père.

Il n'avait pas besoin de lui demander s'il était possible qu'elle soit enceinte, son processus de réflexion se lisait sur son visage comme une pièce de théâtre. D'abord, ses yeux s'arrondirent de surprise à la révélation des probabilités. Mordillant sa lèvre inférieure et plissant les yeux en réfléchissant, son esprit rejouait des données qu'elle seule connaissait : quand ou si elle et William avaient eu des relations sexuelles pour la dernière fois, et quand était son dernier cycle menstruel. Quand toute couleur disparut de son visage pour être remplacée par une teinte verdâtre, très semblable à celle qui baignait ses joues à l'odeur de café fort ou de poisson malodorant, il avait la réponse aux deux questions. Mais l'élément décisif survint quand sa main tomba instinctivement sur son ventre encore plat.

Ouais, une femme mariée et enceinte s'était beaucoup immiscée sous sa peau, et maintenant chaque instinct protecteur en lui était prêt à fracasser contre le béton le connard de mari responsable de toutes ces humeurs grises.

Enveloppant de ses doigts tremblants la tasse chaude de thé, Toni gardait les yeux fixés sur le breuvage fumant.

— C'était peut-être il y a un mois. Quatre semaines.

Elle eut un reniflement moqueur.

— Il y a quatre semaines, vendredi. Il était rentré à la maison avec des roses, du vin, du chocolat et une nouvelle tenue Prada. Robe, chaussures et sac à main. Je suis désolée d'admettre que ce genre de gestes vides m'auraient tourné la tête quand nous sortions ensemble.

Elle eut un petit rire étouffé.

— C'était des excuses pour la nuit précédente. Je

n'avais pas réalisé que le prix d'un œil au beurre noir pouvait être couvert par une nouvelle robe coûteuse.

Elle resserra sa prise sur la tasse.

— Je n'ai pas osé… enfin… le lendemain, je les ai rendus et j'ai utilisé l'argent pour engager un avocat spécialisé en divorce.

Le prix d'un œil au beurre noir. En ce moment, Brooks souhaitait plus que tout que quelqu'un d'autre soit là pour écouter son histoire. Meg, Tante Eileen, Nora. Même Adam ou D.J. feraient l'affaire. Une fureur lentement grandissante à l'idée qu'un homme touche Toni, lui fasse du mal, bouillonnait profondément en lui, et il fallut chaque fibre de son contrôle de soi pour ne pas enfoncer son poing dans le mur le plus proche.

— Mon Dieu, ça change tout.

Elle n'avait toujours pas levé les yeux vers lui.

Inspirant profondément pour se calmer, il demanda :

— Tu retournes vers lui ?

— Non !

Finalement, ses yeux rencontrèrent les siens.

— Non, répéta-t-elle plus doucement. — Trompe-moi une fois, honte à toi, trompe-moi deux fois, honte à moi. Mon avocat a exploré toutes les possibilités pour lui signifier les papiers pendant qu'il est hors du pays, dans l'espoir de faire avancer les choses avant son retour.

— Tu peux faire ça ?

— Non. Peut-être. Ça dépend de l'ambassade américaine où il se trouve. S'ils en ont même une.

Regardant à nouveau le thé, elle porta la tasse à ses lèvres, puis la reposa doucement sur le comptoir.

— Un bébé nous liera pour toujours.

Et comme avant, quand elle avait calculé les probabilités dans son esprit, ses magnifiques yeux bleu profond se rétrécirent, entourés par la large bordure circulaire de blanc.

— Oh mon Dieu, il aura un droit de visite. Même la garde partagée. Oh mon Dieu, et s'il fait à cet enfant ce qu'il m'a fait ?

Avec le genre d'argent dont semblait disposer ce type,

Brooks ne savait pas si c'était le bon moment pour mentionner que son futur ex-mari pourrait essayer d'exclure complètement Toni de la vie du bébé. En voyant la pure terreur grandir dans ses yeux, ce n'était définitivement pas le moment.

— Écoute, ne t'inquiète pas en pensant à des « et si » avant de savoir ce qui est. Demain au travail, nous ferons un simple test de grossesse. Ça te convient comme plan ?

Ses épaules s'affaissèrent et sa tête oscillait de haut en bas presque au ralenti. Attendre jusqu'au matin pour avoir plus de réponses allait être une lente torture.

Enceinte. Le thé chaud n'avait rien fait pour calmer ses nerfs agités ou son estomac nauséeux. Pendant des années, elle avait voulu fonder une famille. William avait toujours trouvé des excuses. Une affaire de plus. Un projet de plus. Au cours de l'année passée, il l'avait touchée si rarement qu'elle avait presque abandonné tout espoir de devenir une famille. Puis, il y a environ cinq ou six mois, il lui avait dit qu'il était temps de jeter ses pilules. Pour ce que ça avait servi. Il était devenu plus dur, plus en colère, plus exigeant et ne l'avait pas touchée une seule fois jusqu'à cette nuit il y a quatre semaines. Pendant un petit moment, elle avait pensé qu'il avait changé, que peut-être le choc de l'avoir frappée, les larmes, l'œil au beurre noir, la honte de tout cela, avait ramené l'homme dont elle croyait être tombée amoureuse. Les draps étaient encore chauds quand il lui avait tourné le dos, déversant sa colère sur elle. C'est alors qu'elle avait su qu'il n'y aurait pas de retour en arrière. Depuis des mois, depuis le jour où il l'avait secouée si fort qu'il avait laissé l'empreinte violette de ses mains sur ses bras, elle acceptait lentement que sa réalité n'était pas son rêve. Puis après cette nuit-là, elle avait commencé à faire des recherches, à économiser, à planifier. Et maintenant. Seigneur, et maintenant.

— Tu t'inquiètes.

La voix basse de Brooks la tira de ses pensées.

— Je ne veux pas.

— Raconte-moi quelque chose d'amusant.

Son regard s'adoucit et les coins de sa bouche se relevèrent légèrement.

— Quel est ton meilleur souvenir avec Meg ?

— Conduire jusqu'au Maine à deux heures du matin pour manger du homard ?

— Tu plaisantes ?

— Non. Nous étions dans une boîte de nuit avec un groupe d'amis. Un par un, ils sont partis et à deux heures, nous perdions de l'énergie, nous étions seules et affamées. Je ne me souviens plus qui a mentionné le homard en premier, mais la chose suivante que je sais, nous étions dans sa voiture et roulions sur la 95.

— Deuxième meilleur souvenir ?

Elle essaya de ne pas trop sourire, mais le souvenir de Meg au sommet de la pyramide humaine poussant un cri de Tarzan qui aurait fait concurrence à Carol Burnett, fit pouffer Toni de rire.

— Nous étions en Floride pour les vacances de printemps de notre dernière année. Tout le monde était majeur et s'amusait comme des fous. Il y avait cette fête de dingue sur la plage. J'avais fait un plongeon dans l'océan et quand je suis remontée sur la plage, Meg était au sommet d'une pyramide humaine.

— Ça n'a pas l'air si drôle.

Peut-être que ça avait quelque chose à voir avec la montagne de joueurs de football des Gators en dessous d'elle.

— Je suppose qu'il fallait y être. Et toi ? Qui est ton meilleur ami ?

— Adam. En dehors de la famille, ce serait Hank Tatum.

Cette fois, Brooks sourit.

— Lui et moi étions les deux seuls de notre promotion à aller à A&M. J'ai de bons souvenirs de cette époque.

— Le souvenir le plus drôle ?

Brooks la fixa pendant quelques longues secondes.

— Peut-être une autre fois. Je ferais mieux de te ramener chez toi avant que Meg n'envoie une équipe de recherche à ta poursuite.

Toni sauta du tabouret.

— Poule mouillée.

— Moi ?

Il plaqua sa paume contre sa poitrine.

— Ici, c'est le pays du bétail, madame.

— D'accord. Je dis que c'est du taureau.

Brooks rejeta sa tête en arrière et éclata de rire. Ce son tonitruant résonna en elle, lui donnant envie de rire aux éclats aussi.

— Toi, Miss Toni, tu as vraiment du cran.

— Du cran ?

— Fais-moi confiance.

Brooks tendit son coude et attendit que Toni glisse sa main dans le creux de son bras avant de se diriger vers la porte.

— Laisse-moi te raconter la fois où Hank a foutu une trouille bleue à Tante Eileen. En deuxième année, nous avions loué un appartement bon marché dans un vieux complexe. Les portes d'entrée s'alignaient le long d'un couloir extérieur.

— Comme un motel ?

— Exactement. Notre appartement était à l'étage. Papa et Tante Eileen étaient venus nous aider à emménager. Tante Eileen a jeté un coup d'œil à la fuite d'eau du toit dans la salle de bain et à la moisissure qui montait le long du mur, puis elle a marché jusqu'au bureau du gérant. Une demi-heure plus tard, nous déménagions au rez-de-chaussée.

En marchant le long du trottoir, Brooks n'avait pas retiré son bras, alors Toni garda sa main nichée dans le creux de son coude, appréciant ses expressions animées et l'amour évident qu'il ressentait pour sa tante.

— Donc avec une brassée d'oreillers, Tante Eileen marche au rez-de-chaussée vers le nouvel appartement et aperçoit une paire de bottes de cowboy qui pendent du rebord au-dessus. Quelques pas de plus et elle réalise que les bottes ont maintenant un jean attaché. À peine s'est-elle arrêtée devant les bottes pendantes que Hank a atterri accroupi devant elle. Elle a poussé un cri assez fort pour que la plupart des voisins ouvrent leurs portes.

— Oh mon Dieu, pas étonnant qu'elle ait eu peur. Qui s'attend à ce qu'un homme tombe du ciel ?

— Ouais, eh bien, Hank a incliné son chapeau vers Tante Eileen et a dit : « Désolé madame, c'est le chemin le plus rapide vers le rez-de-chaussée. »

Toni ne put s'empêcher de sourire.

— D'accord, je pourrais bien aimer Hank aussi.

— Quand ils sont entrés dans le nouvel appartement, Tante Eileen a raconté à Papa et à moi ce qui s'était passé. Puis, une main sur la hanche, Tante Eileen a pointé un pouce par-dessus son épaule vers Hank et a dit : « Un cowboy tombe enfin dans ma vie et c'est vingt ans trop tard. »

Cette fois, c'est Toni qui rugit de rire.

— Ouais, Brooks la conduisit au coin du pâté de maisons de Meg. — C'est comme ça que Hank et Tante Eileen ont réagi. Papa a froncé les sourcils, j'ai levé les yeux au ciel, mais eux deux ont ri jusqu'aux larmes. Hank a été comme un membre de la famille depuis.

— Maintenant je sais que j'aime bien Hank et je crois que ça scelle l'affaire. J'adore ta tante. Elle ferait une excellente Italienne.

— Ne laisse pas mon père t'entendre dire ça.

Brooks ralentit son allure. Ils étaient arrivés à la maison de Meg.

Toni leva les yeux vers la vieille maison victorienne.

— Ce sera magnifique quand elle aura terminé.

— Et populaire. Les gens qui veulent visiter les environs n'ont aucun endroit où séjourner avant soixante kilomètres.

— Autant de visiteurs viennent à Tuckers Bluff ?

— Tu serais surprise. Nous grandissons plus vite que je ne le voudrais.

À la porte, Toni hésita une seconde, souhaitant ne pas avoir à retirer son bras. Elle avait apprécié la chaleur et le confort. En attrapant la poignée, elle s'arrêta pour le regarder. Les yeux vert profond qui étincelaient de rire quelques secondes auparavant la fixaient avec une telle intensité qu'elle en perdit momentanément son souffle. Si elle avait été une adolescente lors d'un premier rendez-vous, elle se serait penchée en espérant un baiser de bonne nuit. Mais elle n'était pas une adolescente et elle n'était pas en rendez-vous, et la dernière chose dont elle avait besoin dans sa vie était un autre homme ou une autre complication.

CHAPITRE ONZE

Pour préserver sa santé mentale, Brooks descendit au pied du porche et attendit que Toni ferme et verrouille la porte derrière elle. Si son intérêt grandissant pour Toni le troublait déjà, chaque instinct et émotion en lui tourbillonnait maintenant presque hors de contrôle. Se retournant, il sortit son téléphone, appuya sur le nom de son frère et tourna à droite au coin au lieu de tourner à gauche.

— Salut, la voix tranquille de D.J. résonna dans l'écouteur. Prêt pour le dessert ?

— Si je voulais me renseigner sur quelqu'un, comment je devrais m'y prendre ?

— Qu'est-ce que tu veux dire par te renseigner ?

— Pas les trucs simples qu'on trouve sur Google. Les choses dont la presse ne parle jamais. Des trucs qu'un homme ne partagerait pas sur Facebook. Tout ce qu'un homme pourrait payer cher pour garder secret.

Le silence s'installa et Brooks pensa qu'il pourrait atteindre le poste de police avant que son frère ne réponde. La profonde expiration de D.J. fut le seul son.

— Il y a des options, dit-il finalement. Légalement, je ne peux pas obtenir des informations sur des personnes sans bonne raison. Et, insista D.J., la curiosité de mon frère ne compte pas comme une bonne raison.

— Tu as cherché la plaque d'immatriculation de Meg pour Adam.

— Parce qu'il a dit qu'il pensait que c'était une voiture volée. Ça s'appelle une présomption légitime.

— Donc si je disais que je pensais que quelqu'un se livrait à des activités illégales, est-ce que ça constituerait aussi une présomption légitime ?

D.J. laissa échapper un autre lourd soupir.

— Brooks, qu'est-ce qui se passe ?

— Je ne sais pas.

Passant sa main derrière sa nuque, il secoua la tête même si D.J. ne pouvait pas le voir.

Plus de silence s'installa entre eux en attendant que D.J. réponde.

— Tu vas devoir me donner quelque chose de plus concret.

Brooks atteignit la porte de son frère et l'ouvrit.

— Je préfère en parler en personne.

Esther, la standardiste de la police, était à son bureau près du coin éloigné du bureau de comté.

— Eh bien, quelle surprise. Les Kelly ont encore mis du papier toilette sur ta maison ?

Le large sourire de la femme fut presque suffisant pour faire sourire Brooks.

— Non, je vérifie juste que mon petit frère se comporte bien. Est-ce qu'il se tient à carreau ?

— Il, D.J. sortit de son bureau, pourrait te coffrer pour harcèlement envers un officier de police si tu ennuies sa standardiste.

— Mais non, Esther fit un geste pour écarter D.J. Le docteur est agréable à regarder. Il peut venir me harceler quand il veut. Même si sa maison n'a pas été décorée de papier toilette.

— Pareil ici.

Brooks sourit à la femme qui était un pilier du département de police aussi longtemps qu'il s'en souvienne.

D.J. s'écarta en tenant la porte du bureau ouverte et attendit que Brooks passe devant lui, puis ferma la porte derrière eux.

— Si je n'étais pas revenu au bureau, tu aurais marché jusqu'à chez moi ?

— Tu es toujours au bureau. Quand est-ce que tu as dormi chez toi pour la dernière fois ?

D.J. haussa les épaules.

Brooks savait que son frère passait plus de temps sur le

lit de camp dans l'arrière-salle qu'il n'en passait dans son propre lit. Le gars vivait et respirait son travail, et certains jours cela inquiétait Brooks. D'autres jours, il était simplement content que D.J. ne soit plus détective dans une grande ville.

Contournant le bureau en chêne usé, D.J. secoua la tête et se laissa tomber sur son siège.

— De quoi s'agit-il ?

— Toni.

— Tu veux déterrer des infos compromettantes sur Toni ?

Le sourcil de D.J. s'arqua avec intérêt.

Brooks secoua la tête.

— Son mari. Et ce n'est pas tellement que je veux des saletés, mais je veux savoir à quoi je m'attaque à part sa valeur nette.

— Tu t'attaques ?

Les paumes de D.J. atterrirent à plat sur la surface en bois usée, l'indignation dilatant ses narines.

— Brookstone Farraday, mais à quoi tu penses, bon sang ?

Pas à ce que pensait D.J.

— Ce n'est pas ce que tu crois. Elle s'enfuit.

Une partie du feu dans les yeux de D.J. à l'idée que Brooks convoite la femme d'un autre s'apaisa suffisamment pour que son expression devienne pensive.

— Meg ne m'a rien dit, elle l'aurait…

— Meg ne le sait pas.

Le sourcil de D.J. se releva encore.

— Mais toi, si ?

— Écoute, je n'ai pas besoin d'un interrogatoire. Elle a vécu une longue histoire d'abus émotionnel qui est récemment devenue physique, et elle a pris la fuite.

— Ici ?

Brooks hocha la tête.

— Son mari n'est-il pas censé être à l'étranger ?

Brooks hocha à nouveau la tête.

— C'est pourquoi elle s'enfuit.

D.J. passa ses doigts sur son front.

— Merde, j'espère que ça ne va pas devenir une tradition familiale. Je ne pense pas être prêt à accueillir d'autres futures belles-sœurs fuyant des hommes cinglés et se cachant à Tuckers Bluff.

— Qui a parlé de futures belles-sœurs ?

— Abbie.

— Quoi ?

— Quand je payais l'addition pour le dîner, Abbie a mentionné en passant quel dommage que tu n'aies pas rencontré Toni en premier, que vous formiez un joli couple. Je n'y ai pas trop fait attention, mais mon vieux, assis ici maintenant à me parler d'elle…

— Oui ?

— Tu as le même regard qu'Adam. Et si ce que tu dis à propos de son mari est vrai…

il laissa ses mots en suspens.

— Tu as des hallucinations. Oui, Toni s'était glissée sous sa peau, et oui, il était furieux comme un taureau enfermé à propos de ce qu'elle lui avait raconté sur son mariage, mais il se fichait de ce que pensait la propriétaire du café, il n'était pas éperdument amoureux de qui que ce soit.

— Alors, tu peux m'aider ?

— J'ai encore des contacts à Dallas, mais tout ce qu'on obtiendrait, ce serait principalement des infos de surface. À quel point veux-tu creuser profondément ?

— Tu te souviens de la vieille Mustang décapotable de M. Tatum ?

— Celle pour laquelle tu as économisé pendant six mois et nous as tous rendu fous à force de la convoiter ?

Brooks inclina le menton.

— Je veux ça encore plus.

— D'accord.

D.J. souffla un soupir.

— Mais ce que j'ai en tête ne sera probablement pas bon marché.

Brooks pensa à la prochaine vague d'achats qu'il avait envisagée pour le laboratoire. Puis il pensa à ce qui pourrait arriver si Toni s'avérait être enceinte, ce dont il était pratiquement certain, et si, comme dans un mauvais téléfilm, le salaud de mari avait les moyens et les connexions pour éloigner l'enfant d'elle.

— Ce n'est pas grave.

— Quand j'étais en poste en Afghanistan, nous avons eu une histoire avec un prisonnier et un protocole plutôt... douteux.

Brooks ne voulait pas savoir ce que cela signifiait, mais il avait le sentiment que cela impliquait exactement le genre de personne qui ne respecte pas les règles dont il allait avoir besoin.

— Je me suis plutôt lié d'amitié avec quelques-uns des Navy SEALs qui l'ont amené. L'un d'eux en particulier dirige maintenant une société de sécurité en Floride. Le gars est de premier ordre. Et il fait tout son possible pour aider les vétérans.

— Je ne suis pas un vétéran.

— Moi, si.

Brooks ne put s'empêcher de sourire. Il n'y avait aucun doute que ses frères le soutiendraient en tout. Les Farradays soutiennent les Farradays. L'honneur était tout pour un Farraday. La famille l'était encore plus. Pourtant, Brooks n'était pas celui qui avait des problèmes, et techniquement Toni n'était rien pour aucun des Farradays, mais si c'était important pour Brooks, c'était important pour ses frères.

— Merci. Et maintenant ?

— Il s'appelle Brooklyn.

Il pensait que les SEALs avaient habituellement des surnoms durs comme Viper ou Ice.

D.J. fit défiler son téléphone.

— La rumeur dit qu'entre la Marine et le démarrage de sa propre entreprise, il a travaillé pour les fantômes.

— Les fantômes ?

— La CIA. Voilà. Je vais lui envoyer un texto et voir ce qu'on peut faire.

Brooks hocha la tête et regarda les doigts de son frère travailler sur le petit écran, puis tapoter et poser son téléphone sur le bureau. Ses doigts n'avaient pas encore relâché l'appareil quand il sonna et le visage de D.J.

s'éclaira. Riant pour lui-même, il saisit le téléphone et mit le haut-parleur.

— C'était rapide pour un squid.

— Il faut bien garder vous autres jarheads en ligne, un léger accent new-yorkais indiqua à Brooks d'où le SEAL tenait son indicatif. — Ça fait trop longtemps, j'ai pensé que si tu me contactais à cette heure, ce n'était pas pour ressasser le bon vieux temps.

— Tu m'as eu.

— Que puis-je faire pour toi, Dec ? Je te dois toujours pour m'avoir sauvé les miches à Fallujah.

Brooks n'était pas au fait du jargon des marins, bien qu'il fût à peu près sûr que six était un terme de pilote pour avoir les arrières de quelqu'un. Dans ce cas, sauver son cul pouvait être plus approprié. Ajouter où tout ce sauvetage s'était produit au milieu d'une zone de guerre faisait penser à Brooks que ce qui s'était passé avec le prisonnier avait peu à voir avec le protocole, et avait été bien plus que douteux.

Pendant les minutes qui suivirent, D.J. informa Brooklyn du peu d'informations que lui et Brooks avaient, ainsi que de quelques données de base que D.J. avait récupérées dans la base de données à laquelle il avait accès pendant qu'ils parlaient.

— Je m'en occupe, dit Brooklyn. Mais pour l'instant, je dirais que la dame a besoin d'un bon avocat plus que tout.

— C'est le prochain sur notre liste, répondit D.J., et Brooks se demanda ce que son frère avait d'autre griffonné sur son bloc-notes.

— Je dois filer. Bébé ne fait toujours pas ses nuits, et c'est mon tour de faire le truc tapoter-le-dos-et-changer-la-couche.

D.J. réprima un sourire.

— À plus tard.

L'appel se déconnecta et D.J. continua à sourire à son écran noir.

— Une partie de moi trouve difficile à croire que ce gars qui ressemblait à un personnage sorti d'un film de Rambo joue maintenant à Papa, et puis une autre partie de moi pense que ce gosse va avoir une sacrée chance.

— Il a l'air sympa.

— C'est un type bien. Un vrai type bien. Le genre qu'on veut avoir à ses côtés quand les choses deviennent moches.

— On dirait que c'est réciproque.

— Plus souvent que ça n'aurait dû l'être.

D.J. poussa un lourd soupir et leva les yeux.

— Eh bien, fils numéro deux, on dirait que tu ferais mieux de polir ton armure et de monter sur ton destrier. Tu as ta demoiselle. Maintenant va la sauver.

Une tasse de chocolat chaud dans chaque main, Toni prit son courage à deux mains et passa la tête dans le bureau de Meg.

— Prête pour une pause ?

— Oh, je ne t'ai pas entendue entrer.

Fermant son ordinateur portable, Meg tendit la main vers la tasse couronnée d'une haute portion de crème fouettée.

— Ça a l'air délicieux.

— Les journées semblent se réchauffer mais les nuits sont encore assez froides.

— En effet.

Meg trempa sa langue dans la crème et souffla sur le cacao fumant.

— Thé pour une longue journée, café pour une session de révision intense, vin pour un A à l'examen final, et chocolat chaud pour prépare-toi-car-la-merde-va-frapper-le-ventilateur.

— Tu as bonne mémoire.

Toni se blottit dans le fauteuil de couture victorien à côté du bureau surdimensionné.

— C'est étonnamment confortable.

— Les femmes y restaient assises pendant des heures chaque jour sans rien d'autre à faire que de la broderie.

— Ça a du sens.

Les mots sur par où commencer se bousculaient dans sa tête.

— Les choses avec William n'allaient pas très bien dernièrement. Je suppose que depuis longtemps, en fait.

— C'est ce que j'ai cru comprendre.

Meg souffla à nouveau sur la boisson.

— Tes premiers jours ici m'inquiétaient. Tu n'étais vraiment pas toi-même. J'ai même demandé à Brooks de venir t'examiner.

— Tu as fait quoi ?

— Je sais, Meg leva les yeux au ciel. Au moment où il est finalement venu, tu faisais de la pâtisserie et tu semblais plus comme avant.

— Ouais, eh bien, mon ancien moi est loin derrière.

Meg posa sa tasse et se pencha en avant.

— Si un peu de temps loin de tout peut vous aider à arranger les choses, j'ai plein de chambres.

— Non. Ça ne peut pas être réparé. Le divorce est la seule réponse.

Inconsciemment, le dos de sa main se leva pour frotter sa joue.

— Oh mon Dieu, non.

Meg plongea son regard dans les yeux de Toni.

— Depuis combien de temps ça dure ?

— Les coups, pas très longtemps. Le mariage, trop longtemps.

— Oh, Toni, je suis tellement désolée. Tu peux rester ici aussi longtemps que tu en as besoin. Et si tu veux un emploi, je suis sûre qu'Abbie…

— Non, la première et seule priorité est le mariage. Tu vas t'inquiéter de toutes les affaires de future mariée et me laisser m'inquiéter des miennes. Mes problèmes peuvent attendre. Cependant, je pense que je vais peut-être accepter ton offre de rester un peu plus longtemps. Tu vois, les choses pourraient être plus compliquées que je ne l'avais d'abord pensé.

— Comment ça peut être compliqué ? Le prince s'est transformé en vilaine grenouille et tu t'es échappée du château.

Toni ferma les yeux et soupira. Ça devrait être une nouvelle fantastique et à cause de son mariage désastreux, elle redoutait les résultats de demain.

— Brooks pense que je suis enceinte.

Meg hésita.

— Normalement, c'est le moment où je sauterais de joie, mais vu l'expression de ton visage, peut-être pas.

— Je ne sais pas quoi penser en ce moment. Brooks a dit de ne pas réfléchir, d'attendre et voir.

— Brooks a dit ?

— Oui.

Sans un mot, le regard de Meg se mit au niveau du sien.

— Eh bien, il est médecin.

Meg hocha la tête.

— Et il n'est certainement pas comme William. Elle en avait assez des hommes comme lui. Elle ne referait jamais cette erreur. Jamais.

— Ça, c'est sûr, répondit Meg rapidement.

— Je peux prendre mes propres décisions. Et elle le pouvait. Elle était peut-être un peu rouillée, mais quand même…

— Je le sais. Et tu as raison, ruminer toute la nuit ne changera rien.

— Exactement. D'ailleurs, elle avait cru au Prince Charmant une fois. Peu importe à quel point Brooks était gentil, elle ne referait pas cette erreur.

CHAPITRE DOUZE

Le sommeil avait échappé à Brooks pendant la majeure partie de la nuit. La seule chose susceptible de le faire tenir aujourd'hui était une bonne quantité de café très fort. En garant son vieux Suburban sur le parking du café, il regarda de l'horizon encore sombre à la périphérie de la ville jusqu'aux lumières à l'intérieur. Abbie s'affairait. Cette femme travaillait aussi dur que n'importe quel ouvrier de ranch. Au moins, la journée d'un éleveur se terminait après la tombée de la nuit.

Avec l'une des serveuses encore en congé de maternité, Meg allait arriver d'une minute à l'autre pour le service de jour. Inutile de rester assis dans son véhicule à contempler l'immortalité du crabe.

— Tu prends racine ? demanda Adam en tapant sur la vitre fermée.

— Je n'avais pas envie de préparer mon petit-déjeuner ce matin.

— Je ne te blâme pas. J'ai beaucoup de ranchs à faire aujourd'hui. Je dois commencer tôt. Frank cuisine mieux que moi.

— Il cuisine mieux que la plupart des gens, mais si tu répètes à Tante Eileen que j'ai dit ça, je jurerai que tu mens.

Les deux frères rirent de cette vieille plaisanterie. C'était l'une de ces expressions, comme contempler l'immortalité du crabe, que leur mère utilisait souvent. Utiliser ses expressions de temps en temps dans sa vie quotidienne donnait à Brooks l'impression d'être un peu plus proche de sa mère. Puisqu'Adam jouait toujours le jeu, Brooks supposait que c'était pareil pour eux deux.

— Eh bien, ne sont-ce pas deux lève-tôt aujourd'hui ?

Abbie cessa de disposer les couverts sur les tables.

— Le café sera prêt dans quelques secondes. Comme d'habitude ?

Brooks et Adam hochèrent tous deux la tête. L'habituel était inscrit sur le menu sous le nom de Petit-déjeuner de l'Éleveur : œufs, pancakes, saucisses, bacon, bouillie de maïs, biscuits et sauce, beaucoup de glucides et de protéines pour alimenter un éleveur du lever du soleil jusqu'au déjeuner. Et lors des longues journées qui gardaient l'éleveur et son équipe au travail jusqu'au souper, comme lorsqu'ils expédiaient le bétail, le petit-déjeuner d'Abbie pouvait les empêcher de s'effondrer de fatigue.

Installé dans le box du fond préféré d'Adam, Brooks leva les yeux juste au moment où Meg se précipitait par la porte. Son regard se posa immédiatement sur Adam et son visage s'illumina comme celui d'un enfant avec un nouveau poney.

Pendant si longtemps, Brooks avait travaillé dur pour atteindre ses objectifs. À l'université, il avait maintenu ses notes élevées, fier de perpétuer l'héritage familial d'A&M. Ensuite, il avait excellé aux examens MCAT et en faculté de médecine, décrochant une place de premier choix en résidence. Finalement revenu chez lui, il avait rénové l'ancien atelier du tailleur à l'autre bout de la rue principale et l'avait transformé en cabinet médical, le premier que la ville avait connu depuis près d'un siècle. Ce n'est que ces derniers mois, depuis l'arrivée de Meg, qu'il lui était venu à l'esprit qu'il pourrait vouloir plus qu'une pratique en plein essor et une clinique autonome. Il avait toujours su qu'un jour il voudrait fonder sa propre famille, mais jusqu'à ce qu'Adam tombe amoureux de Meg, il ne lui était pas venu à l'esprit qu'il pourrait vouloir cette vie plus tôt que tard.

Une cafetière à la main et deux tasses suspendues à quelques doigts de l'autre main, Meg s'arrêta devant leur table.

— Toni m'a dit ce qui se passe.

Adam regarda alternativement Meg et Brooks plusieurs fois pendant que Meg versait le liquide chaud et noir dans les tasses et que Brooks restait silencieux.

— D'accord, dit Adam en se saisissant de la tasse chaude. — Je me rends. Que se passe-t-il ?

Meg se glissa sur le siège à côté de son fiancé.

— Aucun d'entre nous n'aimait vraiment cet enfoiré.

— Un enfoiré ? Adam leva un sourcil.

— Son petit ami puis son mari. Oh, ne te méprends pas, William disait et faisait toujours ce qu'il fallait. Il apportait un bouquet de fleurs à Toni et avait toujours une ou deux fleurs pour moi.

— Ça semble attentionné, marmonna Adam.

Meg lui lança un regard peu appréciateur.

— Elle était belle, intelligente, elle le faisait paraître meilleur, être meilleur. Il la louait tellement que je me demandais presque s'il développait un complexe de la Madone. Malgré tout ça, il était trop lisse, trop charmant. Mais comment dire à une amie d'arrêter de fréquenter un type parce qu'il est trop gentil avec toi ?

Adam ne dit rien, et Brooks se sentit obligé d'offrir un haussement d'épaules nonchalant. Elle avait raison. Qu'auraient-ils pu dire ? Bien qu'il souhaite maintenant qu'ils aient essayé quelque chose.

— Puis les choses ont vraiment changé après les vacances de printemps. Oh, il apportait toujours les fleurs et les bibelots et disait des choses gentilles, mais maintenant il y avait toujours une excuse pour qu'ils ne puissent pas rejoindre notre groupe. Toujours quelque chose avec ses amis, ou sa famille, et aucun d'entre nous n'était jamais inclus.

Brooks savait où cela menait. La grenouille dans l'eau bouillante.

— Nous parlions encore après l'obtention du diplôme. J'ai même été invitée au mariage. Mais après ça, les appels téléphoniques ont ralenti et se sont vite arrêtés. La seule raison pour laquelle je savais où la trouver, c'était la carte de Noël que je recevais encore chaque année.

— Tu as décrit des techniques d'isolement classiques, déclara Brooks. Il aurait aimé ne pas avoir à dire ça. Il aurait aimé que la seule raison pour laquelle il connaissait la maltraitance provienne des manuels. Il aurait également souhaité pouvoir choisir les souvenirs qui restaient nets dans son esprit après ses années dans un hôpital du centre-ville.

— Je ne comprends pas pourquoi elle l'a supporté aussi longtemps. Au moins, elle a finalement quitté ce bon à rien de...

Meg leva les yeux alors qu'un autre client entrait.

— Elle et moi avons parlé pendant des heures. Je voulais l'étrangler pour ne pas l'avoir quitté plus tôt. Avant que ce maniaque du contrôle ne devienne violent.

— Je suis en fait surpris qu'il ne soit pas devenu physiquement violent plus tôt, dit Brooks en prenant une gorgée de son café.

Un autre client franchit la porte. En sortant du box, Meg chuchota :

— Si quelqu'un avait jamais levé la main sur moi, j'aurais renvoyé ce misérable directement à l'âge de pierre.

Et sur ces mots, elle alla s'occuper du client suivant.

— On dirait qu'elle t'a dit ce qu'elle pensait.

Brooks reconnut la tempête qui se préparait dans les yeux de son frère. Brooks avait ressenti la même fureur frustrée en écoutant Toni la nuit dernière.

— Tu sais mieux que quiconque que je ne frapperais pas plus volontiers une femme que je ne mangerais du fumier.

— Je sais, sourit Brooks. Chacun d'entre eux était tombé dans la merde plus d'une fois. Littéralement. Mais Adam avait raison. Ils mangeraient tous deux des bouses de vache si l'autre choix était la violence physique contre le sexe opposé.

— Tu sembles tout savoir à ce sujet.

Brooks hocha la tête.

— Toni m'a mis au courant hier soir.

— Plutôt personnel pour une femme de partager avec un homme qu'elle connaît à peine avant de le dire à l'une de ses plus anciennes amies. Tu ne crois pas ?

— Si. Mais elle s'inquiétait pour Charlotte Thomas.

— Quoi ?

— Elle pense que Jake est un agresseur. Et

franchement, après l'avoir écoutée, je pense qu'elle a peut-être raison.

— Jake ? Ce type ferait tout pour aider une mouche blessée. Je ne peux pas croire…

— Jake, le gamin qu'on connaissait peut-être pas, mais à quel point connaissons-nous l'homme qui est revenu chez lui ?

Stupéfait, Adam se renversa sur son siège.

— Je ne sais pas.

— Je pensais parler à Tante Eileen. Les dames ont essayé d'intégrer Charlotte au cercle social. Elle pourrait savoir quelque chose.

— Non, dit Adam en secouant la tête. — Si Tante Eileen ne faisait que soupçonner, elle serait après Jake avec un fusil. On verrait notre premier citoyen goudronné, plumé et chassé de la ville sur un rail.

Brooks rit doucement.

— C'est vrai. Mais quand même…

— Oui. Je déteste abandonner l'illusion que rien ne peut toucher notre monde.

— Je vois ce que tu veux dire. Mais nous avons un problème plus important.

Adam inclina la tête vers son frère.

Brooks posa sa tasse chaude sur la table.

— Si tout ce que nous avons sont des soupçons, comment diable l'arrêtons-nous ?

Compte tenu de son inquiétude, même après avoir discuté des choses avec Meg, Toni ne savait pas pourquoi elle avait dormi comme un bébé. À moins, bien sûr, que bébé ne soit le mot-clé. Distraitement, sa main tomba sur son ventre. Qu'allait-elle faire si Brooks avait raison ?

Déposant son sac à main dans le tiroir inférieur du classeur, elle se retourna pour voir Brooks descendre le court couloir depuis son bureau. Pourquoi avait-elle l'impression qu'elle allait affronter un peloton d'exécution ?

Brooks n'était pas l'ennemi et certainement pas son bourreau.

— Bonjour.

— Bonjour. Bien dormi ?

— Étonnamment, oui.

Un coin de sa bouche tressaillit une fois ou deux avant qu'il n'étouffe complètement le sourire. Dommage, elle aurait aimé le réconfort qui semblait venir avec l'un de ses charmants sourires.

— Si vous voulez bien venir dans mon bureau, nous allons commencer.

— Votre bureau ?

Elle espérait vraiment qu'il ne prévoyait pas de lui faire un examen parce que, médecin ou pas, il n'y avait aucune chance qu'elle se déshabille devant lui.

— Je vais vouloir obtenir plus d'informations de vous, puis je vous donnerai un gobelet pour uriner dedans. Il ne faudra que quelques minutes pour le résultat. L'analyse de sang sera une confirmation finale. Mais nous obtenons rarement de faux positifs.

— Oh. Oui, eh bien.

Se tordant les mains devant elle, elle envisageait sérieusement de se retourner et de foncer vers la porte d'entrée et de ne pas s'arrêter jusqu'à ce qu'elle atteigne… où ? Une larme monta à son œil et se répandit sur sa joue.

— Hé, dit Brooks en entrant dans son espace. — Tout va bien se passer. Je te le promets.

Le bout de son pouce glissa sur sa joue, essuyant cette stupide larme. La même joue qui avait autrefois piqué sous le poing de William chauffait maintenant sous le tendre toucher de Brooks.

— Je ne sais pas pourquoi je pleure.

Cette fois, Brooks ne cacha pas son sourire entendu.

— Je pense que je le sais. Viens, finissons-en.

Vingt longues minutes plus tard, Toni restait immobile comme une pierre, attendant que Brooks revienne à son bureau. Elle avait espéré pouvoir lire son visage, mais le type devait avoir passé plus d'années qu'elle ne l'aurait pensé à pratiquer un comportement neutre au chevet des malades.

— Alors ? demanda-t-elle.

Au lieu de prendre place derrière son grand bureau, il s'installa dans le siège du visiteur à côté d'elle et elle comprit.

— Je suis enceinte.

— Mmhm.

Il ne bougea pas. Pendant une seconde, son regard tomba sur ses mains qui étranglaient un mouchoir et revint immédiatement rencontrer le sien.

— As-tu réfléchi à ce qui se passe maintenant ?

Sa tête se secoua d'avant en arrière de sa propre volonté. Elle avait réfléchi, mais n'avait aucune idée de ce qu'elle avait pensé.

— Première chose, je vais te prescrire des vitamines. Tu auras besoin de beaucoup de nutriments supplémentaires, mais je ne veux pas que tu dépends uniquement des prénataux pour cela. Je veux que tu ajoutes beaucoup de protéines et de légumes verts à ton alimentation.

Toni acquiesça. Non pas qu'elle suivait ce qu'il disait, cela semblait simplement être la bonne chose à faire.

— La prochaine chose que tu pourrais envisager est d'appeler ton avocat.

C'est vrai. Avocat. William. Les larmes lui montèrent à nouveau aux yeux, pas une, mais plusieurs. Dans les deux yeux et elles débordèrent avidement des paupières inférieures et coulèrent sur ses joues.

— Je suis désolée.

Se penchant en avant, il l'attira dans le creux de son épaule.

— Ne t'excuse pas. Ce sont les hormones. Tu pourras te retrouver à pleurer quand Abbie te dira que le café n'a plus de gâteau au chocolat.

Cela la fit rire et pleurer.

— Vraiment ?

Elle utilisa le mouchoir déchiré pour essuyer les larmes.

— Vraiment. Mais tout cela en vaudra la peine. Tu verras.

Ses paroles signifiaient plus pour elle qu'elle n'aurait

pu l'imaginer. Ou peut-être étaient-ce les hormones. Mais aussi facilement qu'elle voulait pleurer, elle se sentait maintenant comme si elle souriait. Vraiment sourire. Comme si un énorme banana split avec des noix, de la crème fouettée et des cerises supplémentaires avait été placé devant elle.

Tamponnant une dernière fois ses larmes, elle se dégagea de la semi-étreinte et laissa le sourire s'emparer de son visage.

— Un bébé.

Rendant ce sourire satisfait, Brooks acquiesça.

— Un vrai.

Mon Dieu, avait-elle vraiment dit quelque chose d'aussi stupide ? Elle devait l'avoir fait parce que Brooks rit et hocha la tête.

— Wow.

Posant sa main sur son ventre, elle jeta un coup d'œil au visage toujours souriant de Brooks.

— Nous allons avoir un bébé.

Le sourire de Brooks s'effaça. Et elle entendit ses propres mots résonner dans sa tête.

Seigneur, qu'avait-elle fait ?

CHAPITRE TREIZE

« Nous allons avoir un bébé », résonnait dans ses oreilles. Il avait vu beaucoup de nouvelles mères folles de joie à cette annonce et trop d'autres indifférentes. Mais ces mots cette fois, venant de cette femme, le transperçaient comme un scalpel de précision.

— Je suis désolée. Je veux dire… oui, je le suis.

Ses doigts serraient le mouchoir presque en lambeaux.

Certains hommes étaient de vrais connards. Bénis avec des femmes gentilles, intelligentes, jolies et attentionnées, et ils levaient les poings sur elles. Et maintenant, un enfant. Brooks repoussa les souvenirs de son temps à Dallas, de ces enfants brisés pleurant sous la garde des travailleurs sociaux alors qu'on les arrachait à leurs parents violents. Les chanceux. Ceux que le système avait découverts avant qu'il ne soit trop tard.

— Tu te sens capable de travailler aujourd'hui ?

Toni hocha la tête et redressa les épaules.

— Allons-y, mettons-nous au travail.

Son premier patient devait arriver d'une minute à l'autre. Une matinée remplie de simples rendez-vous et un après-midi tranquille. Les gens se levaient tôt en pays d'élevage. Venir en ville et s'occuper des affaires et des rendez-vous commençait aussi de bonne heure. Pour les heures suivantes, la seule conversation entre lui et Toni consista en dossiers, ordonnances, questions informatiques et échanges de dossiers, avec de temps en temps une collation et une tasse de café pour Brooks. Bien qu'elle fût la future maman qui avait besoin d'être prise en charge, c'était lui qui était choyé.

— Ta tante a déposé ceci pendant que tu étais avec ton

dernier patient. Elle a pensé que tu aimerais une tasse fraîche pour accompagner tout ça.

Toni posa devant lui le fameux gâteau aux miettes de sa tante avec un café fumant.

— Et toi ?

Un énorme sourire découvrant ses dents illumina son visage.

— J'ai mangé le plus gros morceau.

Et avant qu'il ne puisse dire un mot de plus, elle avait refermé la porte derrière elle. Déjà, il était certain que Toni serait de ces femmes qui embrassent pleinement l'idée de manger pour deux. Avalant la dernière bouchée au son des pas qui remontaient le couloir, il se fit une note mentale de prendre des nouvelles de Brooklyn ce soir. Il ne savait pas encore comment, mais il allait s'assurer que ce salaud de mari ne lèverait plus jamais la main sur Toni ou son enfant.

— Excuse-moi.

Toni frappa légèrement à la porte et passa la tête dans son bureau.

— Mme Thomas est là.

— Adelaide ?

Il se tourna pour consulter son planning.

— Non. Charlotte. Et elle n'a pas rendez-vous, mais si tu veux la caser, je peux faire patienter ton prochain patient quand il arrivera.

Le patient suivant venait pour un suivi sur l'efficacité de ses nouveaux médicaments contre l'hypertension. Sachant combien cet agriculteur sympathique aimait parler, Nora lui accordait toujours quelques minutes supplémentaires. Si Brooks écourtait un peu, il pourrait recevoir Charlotte Thomas.

— A-t-elle dit pourquoi elle venait ?

Toni secoua la tête.

— Mais son poignet gauche est enveloppé d'une bande élastique. Et elle porte des manches longues par cette belle journée.

Bon sang. Eh bien, il semblait qu'une fois pour toutes, il allait découvrir si Toni avait raison à propos de Jake Jr. et de sa femme. Malgré son instinct qui lui disait qu'il n'allait pas aimer la réponse, il priait encore pour que Toni se trompe complètement.

— Fais-la entrer.

Debout, Brooks retira sa blouse de laboratoire et la plaça sur le portant derrière son bureau. Quelque chose lui disait que si les choses allaient se dérouler comme il le soupçonnait, un rapport plus décontracté pourrait être nécessaire.

— Voilà.

Toni se tenait près de la porte, tendit un dossier à Brooks et fit entrer Charlotte d'un geste.

— Merci de me recevoir sans rendez-vous, dit la voix douce.

— Pas de problème. Nous sommes assez décontractés ici.

Il jeta un coup d'œil à son poignet et à la façon prudente dont elle le tenait contre elle. Merde.

— Asseyons-nous et dites-moi comment je peux vous aider.

Son regard passa des chaises à lui, puis revint. Pendant une fraction de seconde, Brooks pensa qu'elle pourrait changer d'avis et s'enfuir, mais il respira plus facilement quand elle fit un pas en avant.

— Je… euh… je crois que je me suis peut-être blessée le poignet. Je veux dire… je sais que je l'ai blessé. Je… euh… suis tombée. Hier.

Elle fit un sourire timide.

— Il y a toujours quelque chose pour trébucher à la boutique d'alimentation.

— Je vois.

Brooks ouvrit le dossier avec les formulaires que Charlotte avait remplis. Les informations très limitées qu'elle avait indiquées.

— Pas d'allergies médicamenteuses ?

Elle secoua la tête.

— Je ne vois aucun médicament indiqué.

Il la regarda par-dessus le bord du dossier.

— Occasionnellement de l'ibuprofène.

— Vous en prenez maintenant pour le poignet ?

Mordillant doucement sa lèvre inférieure, elle hocha la tête.

— Très bien.

Il se leva.

— Passons dans la salle d'examen pour y jeter un coup d'œil.

L'un des avantages d'être médecin de campagne était d'avoir le temps de s'asseoir et de discuter avec un patient en dehors des limites d'une salle d'examen stérile. Passant par la porte ouverte, il fit un geste à l'intérieur.

— Montez.

Charlotte regarda la table d'examen et, montant sur le marchepied, se tourna lentement, serrant son bras contre ses côtes et s'assit avec précaution.

L'effort pour cacher sa douleur ne lui échappa pas. Merde. Plaçant un embout jetable sur le thermomètre, il plaça l'appareil à son oreille et attendit le signal sonore.

— Bien.

Son regard suivit ses mouvements tandis qu'il rangeait le thermomètre et attrapait le brassard à tension. Charlotte avait déjà remonté sa manche assez loin pour exposer toute la bande élastique.

— Bien. Remontez votre manche un peu plus haut et nous allons prendre votre tension.

À la façon dont ses yeux s'écarquillèrent, on aurait dit qu'il lui avait demandé de descendre la rue principale nue.

— Ma tension est normale. Toujours basse. C'est juste mon poignet.

Ses yeux se dirigèrent vers la porte.

— Je n'aurais pas dû venir. Jake… je n'aurais pas dû venir, marmonna-t-elle.

Il n'allait pas la laisser s'enfuir. Il afficha son sourire le plus rassurant et baissa la voix au même ton qu'il utiliserait avec une pouliche nerveuse au ranch.

— Pas de problème. Je vais défaire ceci et voir ce que nous avons.

Des yeux encore remplis de traces de panique mêlées de peur clignèrent. Avec hésitation, elle hocha la tête, grimaçant à chaque mouvement alors qu'il tenait son coude, soulevait sa main et déroulait le bandage. Peu importe combien il était doux ou prudent, sa simple respiration semblait lui causer de la douleur. Bon sang.

Tenant finalement le poignet exposé, Brooks n'avait aucun doute qu'il était cassé.

— Nous allons avoir besoin d'une radiographie.

Encore une fois, ses yeux s'élargirent et ses lèvres se serrèrent étroitement.

— Combien cela va-t-il coûter de plus ?

— Ne vous inquiétez pas pour ça. Vous paierez plus tard quand vous pourrez.

Cela sembla lui faire réfléchir. Mordillant toujours sa lèvre inférieure, elle hocha la tête et se leva doucement de la chaise. Normalement, Nora serait celle qui aiderait pour les radiographies, mais non seulement Toni ne savait rien du fonctionnement de la machine, mais dans son état, aider était hors de question.

Une fois installée, il plaça son bras où il en avait besoin.

— Ça va faire mal, mais j'ai besoin que vous teniez votre bras comme ça pendant que je prends la photo.

Avec son bras à plat et légèrement tourné, elle serra fermement les lèvres et attendit qu'il lui donne le feu vert pour se détendre dans une position moins douloureuse.

À ce stade, Brooks laissa Charlotte assise dans son bureau tandis qu'il courait entre son agriculteur bavard et les radiographies en développement. Au moment où les images étaient prêtes à être visualisées, il avait terminé avec l'agriculteur et un autre patient, et Charlotte était aussi nerveuse qu'un chat dans une pièce pleine de fauteuils à bascule. Tout ce que Brooks avait à découvrir maintenant, c'était comment l'amener à dire la vérité.

— Eh bien. Vous avez raison.

Il prit place derrière son bureau.

— Vous avez une fracture en spirale.

Charlotte hocha la tête.

— La ligne semble assez nette. Je recommande que nous l'immobilisions pour l'instant. Vous devrez subir une chirurgie pour la réduire et un orthopédiste serait le mieux placé pour déterminer si vous avez besoin de broches. Je peux vous recommander…

— Non.

Charlotte secoua la tête rapidement et fermement.

— Je ne peux aller nulle part. Je… j'ai juste besoin que vous mettiez un plâtre, s'il vous plaît. Je vais m'en occuper. Je promets. Tout ira bien.

— Ce serait mieux…

— Non.

— Charlotte, je sais que vous n'avez pas eu une fracture comme celle-ci en tombant. Pour que votre poignet se casse à cet angle, quelqu'un a dû saisir et tordre votre bras. Fort.

— Il ne l'a pas fait exprès, murmura-t-elle.

— Charlotte…

— S'il vous plaît, n'insistez pas. Je vous en prie.

Ses yeux remplis de supplication le regardaient avec une telle intensité, une telle confiance, qu'il n'y avait aucun moyen qu'il pousse plus loin. Mais où cela le laissait-il ? Il ne pouvait pas la laisser retourner. Mais comment pouvait-il l'arrêter ? Et Toni ? Pouvait-il vraiment aider l'une ou l'autre ?

Caser Mme Thomas avait obligé Toni à se démener pour reprogrammer les quelques patients restants et à faire de son mieux pour aider sans la moindre formation médicale. Brooks n'avait pas dit grand-chose, mais son expression sévère en disait long sur ce qu'il ressentait.

— Comment se passe la journée ?

Entrant par la porte, D.J. retira son chapeau et le frappa contre sa cuisse.

— Chargée. Et toi ?

— Pas grand-chose.

Son regard dériva le long du court couloir puis revint.

— Brooks est toujours avec Charlotte Thomas ?

Toni acquiesça.

— Il t'a appelé ?

Cette fois, D.J. hocha la tête, mais n'avait rien d'autre à

dire. Les poils de son bras se dressèrent. Elle avait raison. Elle aurait voulu avoir tort, mais ce n'était pas le cas. Charlotte Thomas était une femme battue. C'était la seule explication au fait que Brooks appelle son frère, le chef de la police. L'expression grave de l'homme reflétait celle de son frère. Une grande partie de celle que Toni était autrefois voulait courir vers la salle d'examen où Brooks avait travaillé sur le bras et rassurer la femme timide que tout irait bien. Mais la femme que Toni était devenue n'était plus si sûre de quoi que ce soit.

Le bruit sourd des pas de Brooks remplit la petite salle d'attente. Pas le tapotement normal des talons de bottes sur le linoléum, mais tout le poids de la colère et de la frustration qui devaient le traverser. Pour deux jours, elle avait observé son interaction avec les patients, sa tendresse, son humour, sa préoccupation. Le médecin de campagne parfait. Beau et intelligent, charmant et attentionné, presque trop beau pour être vrai.

— J'ai les radiographies.

Grande enveloppe en main, Brooks s'arrêta devant son frère.

— Tu sais que ce n'est pas suffisant. Elle doit porter plainte.

Brooks secoua la tête.

— Je ne sais pas si je dois admirer sa loyauté et son dévouement envers son mari ou prévoir une évaluation psychiatrique pour tendances délirantes.

— Je peux essayer, mais…

D.J. laissa ses mots en suspens. Ils savaient tous que si des yeux au beurre noir et des os cassés ne suffisaient pas à lui faire changer d'avis, les mots n'auraient aucun impact.

— Je sais.

Brooks jeta les radiographies sur le comptoir.

Passant devant son frère, D.J. s'arrêta pour tapoter l'épaule de Brooks et continua.

Comme Brooks, Toni garda son regard sur la porte de la salle d'examen jusqu'à ce que D.J. disparaisse à l'intérieur.

— J'imagine qu'elle retourne chez elle ?

— Ouais.

Ce mot d'une seule syllabe débordait de frustration.

— Elle dit que c'était un accident. Que ce n'est pas ce que je pense. Elle insiste même sur le fait que Jake est un homme bien, un bon mari.

Brooks se retourna pour lui faire face.

— Dis-moi quelque chose. Si quelqu'un t'avait demandé il y a un an si ton mari te faisait du mal, qu'aurais-tu répondu ?

— Je l'aurais nié.

Les mots sortirent plus rapidement et plus facilement qu'elle ne l'aurait souhaité. Mais elle savait que c'était vrai.

— Je ne pense pas que j'aurais vu ce qui se passait. C'était si progressif comme…

— Une grenouille dans l'eau bouillante, termina-t-il pour elle.

Elle acquiesça.

— Je déteste penser combien de temps j'aurais continué à prétendre que notre vie conjugale était un conte de fées.

— Ça ne va faire qu'empirer.

Pendant un court instant, Toni n'était pas sûre s'il parlait de Charlotte ou d'elle. Elle ne pouvait pas lui reprocher de penser qu'elle pourrait changer d'avis et retourner vers William. Surtout maintenant, avec des fonds limités et un bébé en route. En observant Charlotte, il était facile pour Toni de voir la défaite qu'elle avait ressentie il y a peu de temps. Mais quoi que quiconque puisse penser, elle ne retournerait jamais là-bas. Maintenant, elle en était plus certaine que jamais. Elle devait effacer William de sa vie, quoi qu'il arrive.

CHAPITRE QUATORZE

— Tu as annulé le reste des rendez-vous de la journée ? demanda Brooks, le regard fixé sur le vieux pick-up délabré qui s'engageait dans la rue. D.J. lui avait assuré qu'il parlerait à Jake, mais pour l'instant, ils ne pouvaient rien faire d'autre. L'anesthésie locale utilisée pour réduire la fracture n'affectait pas techniquement la capacité de Charlotte à conduire, mais D.J. avait insisté pour la raccompagner chez elle. Sans doute pour avoir une petite conversation sérieuse avec Jake. Plus tard, l'officier Reed le ramènerait à la voiture de patrouille.

— Oui. Ton rendez-vous de seize heures n'était pas contente, mais son humeur s'est améliorée quand j'ai dit que tu serais prêt à passer chez elle demain sur le chemin du ranch.

— Merci.

Derrière le comptoir, le son étouffé d'un téléphone portable brisa le silence gêné. Toni sortit son téléphone de son sac dans le placard et fronça les sourcils en regardant l'écran.

— Qui est-ce ?

— Numéro inconnu.

Toni fit glisser son doigt sur l'écran et porta le téléphone à son oreille.

— Allô ?

— Qu'est-ce que tu crois faire, bon sang ?

Même sans le haut-parleur, Brooks pouvait clairement entendre l'homme à l'autre bout du fil. L'homme mécontent.

— Personne ne peut se permettre de divorcer de moi.

Toni se raidit, et Brooks se rapprocha. Normalement,

lors d'une conversation aussi manifestement privée, il se serait éclipsé dans son bureau pour laisser le couple régler leurs différends. Mais ce n'était pas normal. C'était Toni et son crétin de mari bientôt ex-mari.

— Ta mère ferait une crise cardiaque. Tu veux être responsable de la mort de ta mère ?

— Je ne pense pas que—

— C'est bien ça. Tu ne penses pas. C'est moi qui réfléchis dans cette famille. J'ai déjà assez de maux de tête avec ces abrutis sur ce projet. Tu appelles ton avocat tout de suite et tu lui dis que tout ça était une erreur.

Toni serra son téléphone, ses joues devinrent pâles, et elle vacilla momentanément sur place.

— Si tu ne le fais pas, je m'assurerai qu'il n'exerce plus jamais dans l'État du Massachusetts. Ou bien tu veux ruiner sa vie aussi ?

Toni ferma les yeux et ouvrit la bouche, mais le crétin ne lui donna jamais l'occasion de parler.

— Tu ferais mieux d'aller voir cet avocat et de le virer avant que je ne m'en charge.

Des murmures se firent entendre en arrière-plan. Des mots que Brooks ne pouvait pas distinguer.

— Bon sang. Je dois y aller. Et Toni ?

Que le politiquement correct aille au diable. Brooks se glissa derrière elle, suffisamment près pour entendre sa respiration saccadée, et posa ses mains sur ses épaules. Le léger tremblement sous ses doigts lui fit serrer fortement les dents.

— Oui, répondit-elle doucement, les larmes montant à ses yeux.

— Ne fous pas ça en l'air comme tu le fais avec tout le reste.

Sur cette note amère, la ligne se coupa et Toni laissa tomber le téléphone comme s'il était brûlant.

Sans réfléchir, Brooks la fit pivoter dans ses bras et déposa un léger baiser sur le haut de sa tête, comme il l'aurait fait avec un enfant souffrant.

— Tout va bien se passer. Je te promets que tout le clan Farraday est de ton côté.

La tête enfouie dans son épaule, Toni marmonna dans sa chemise.

— Je ne connais pas tout le clan.

— Peu importe. Si c'est important pour moi, ce sera important pour tous les membres de la famille.

Toni s'écarta, inclinant la tête en arrière, ses yeux humides levés vers lui.

— Et est-ce que je compte pour toi ?

Tant d'émotions tourbillonnaient dans les profondeurs des eaux bleu foncé qui le fixaient. Le même torrent d'émotions qui érodait lentement son bon sens se précipitait en lui. Levant les doigts pour les passer dans les boucles blondes à l'arrière de sa tête, il resserra sa prise. La tenant en place, il abaissa son visage, leurs regards se soutenant.

— Énormément, murmura-t-il une seconde avant que ses lèvres ne se pressent fermement contre les siennes.

La sensation de la bouche de Brooks sur la sienne choqua son système comme une éclaboussure de l'Atlantique glacé en début d'été. Cette sensation bienvenue se répercuterait dans tout le système nerveux et, associée au soleil et au sable chaud, déclencherait toutes les hormones du bonheur disponibles. Une simple pression des lèvres était tout cela et plus encore.

Tendre, doux, délicat, attentionné et… incorrect.

— Non, marmonna-t-elle, pas tout à fait sûre si elle essayait de le convaincre d'arrêter ou de se convaincre elle-même du contraire.

Peu importait. Il se figea instantanément, son corps se raidit, et ses mains retombèrent le long de son corps. Il lui fallut encore un très long moment pour reculer d'un pas.

— Je suis désolé.

Elle ne trouvait pas les mots pour répondre. La seule chose qui tournait dans le brouillard de son esprit était « Pas moi » et ce serait totalement et complètement déplacé. N'est-ce pas ?

— Je…

Il recula d'un autre pas et passa ses paumes sur les côtés de ses jambes.

— Ma tante Eileen m'aurait fouetté si elle m'avait attrapé.

— Heureusement qu'elle ne t'a pas attrapé.

Elle n'aimait pas l'atmosphère gênante qui flottait entre eux. Elle voulait arranger les choses. Les rendre comme elles avaient été ces derniers jours. Une simple conversation entre nouveaux amis. Mais une autre partie d'elle voulait qu'il s'approche et l'embrasse à nouveau. Et encore. Mon Dieu, que se passait-il ? Elle ne pouvait pas se débarrasser d'un homme pour courir directement dans les bras d'un autre. Surtout un autre homme qui semblait trop beau pour être vrai.

— Si nous avons terminé pour aujourd'hui ?

Il hocha la tête.

— Je pense que je vais rentrer à pied. Meg devrait déjà y être.

— Je peux te conduire.

— Non. J'ai besoin d'air frais.

Brooks recula encore d'un pas.

— Ce n'est peut-être pas le meilleur moment pour aborder ce sujet, mais as-tu parlé à ton avocat aujourd'hui ?

— Brièvement. Il m'a dit qu'il avait réussi à faire remettre les papiers par l'intermédiaire du consulat où se trouve William.

Elle contourna le comptoir de la réception et attrapa son sac à main.

— Je suppose que nous savons maintenant qu'il les a reçus.

— L'avocat a-t-il dit ce qui se passe ensuite ?

— À peu près la même chose que pour n'importe quel divorce. Cela dépend de ce que William va faire, mais je parierais mon dernier dollar que son appel suivant était à son équipe juridique.

— Peut-être devrions-nous dire à D.J. ce qui se passe. Il voudra peut-être que ses officiers gardent un œil supplémentaire sur William ou ses hommes de main.

— William n'a pas d'hommes de main.

— C'est ce que Meg pensait probablement.

— Quoi ?

— Meg n'avait jamais imaginé que son ex, tricheur et voleur, viendrait la chercher ici en ville.

— Ah, ça.

Glissant son téléphone dans son sac, Toni passa les sangles sur son épaule.

— Je suppose que nous sommes tous les deux de mauvais juges de caractère.

— Plus maintenant.

— Non. Peut-être plus Meg. Je suppose que je te verrai demain.

— Toni.

Elle se retourna pour le regarder.

— Nous ne sommes pas tous des crétins.

— Non. Peut-être pas.

Avec un sourire et un hochement de tête, elle se tourna et sortit. Elle n'avait parcouru que deux boutiques quand elle aperçut une jolie layette blanche et bleue dans la vitrine d'une charmante boutique appelée Sisters.

En entrant, la vieille clochette au-dessus de la porte tinta et une grande femme mince aux cheveux blond-roux se précipita de derrière un rideau fleuri. Pas plus de quelques secondes plus tard apparut une autre femme, petite et ronde avec un nid de cheveux blond platine aussi haut qu'elle était large.

— Oh, bonjour. Tu dois être l'amie de Meg, dit la plus grande. — Je suis Sissy. Voici Sister. Comment pouvons-nous t'aider ?

Sissy et Sister ? Eh bien, la boutique s'appelait Sisters.

— Je ne fais que regarder. J'ai vu les vêtements pour bébé dans la vitrine.

— Oh, la femme plus petite se frotta les mains. — Nous adorons les bébés. N'est-ce pas, Sissy ?

— C'est vrai, Sister. Est-ce que notre Meg attend un enfant ?

Toni reconnut l'éclat dans les yeux de la rousse. C'était très similaire à celui de sa tante Celeste quand elle était sur le point de se plonger dans des commérages juteux.

— Non. Je ne pense pas que les bébés soient à l'ordre du jour avant que le gîte ne soit opérationnel.

— Et elle fait un travail magnifique, ajouta Sister.

— Tu trouveras tous nos vêtements pour bébé par ici.

Sissy la conduisit vers le coin gauche au fond. La boutique était beaucoup plus grande à l'intérieur qu'elle ne le paraissait depuis la rue. En examinant les tables et les étalages, Toni réalisa qu'il s'agissait davantage d'un magasin général que d'une boutique. Elle aimait assez cette idée. Et elle aimait bien Sister et Sissy aussi. En fait, elle appréciait toutes les personnes qu'elle avait rencontrées, à l'exception de Jake Thomas. Tuckers Bluff avait un petit air de Mayberry, mais qui n'aimait pas Mayberry ?

Instinctivement, sa main se posa sur son ventre. Il pourrait y avoir de pires endroits pour élever un enfant.

CHAPITRE QUINZE

Brooks observait toujours la boutique Sisters de l'autre côté de la rue. Dès que Toni était sortie, il s'était déplacé vers la fenêtre pour la surveiller. Un besoin absurde de la suivre et de la protéger le poussait à continuer de l'observer. Avant l'appel de son mari, pour des raisons évidentes, Brooks savait qu'il ne l'aimait pas, mais entendre cet homme, avoir cette connexion personnelle, imaginer qu'il puisse poser la main sur Toni lui donnait la chair de poule.

Dans sa poche, son téléphone portable sonna. Indicatif de Miami.

— Allô.

— Salut, c'est Brooklyn, je te rappelle.

— Oui. Merci. Je ne peux pas te dire à quel point j'apprécie ton aide.

— Pas de problème. Je dois beaucoup plus à Declan qu'une simple vérification d'antécédents.

Chaque fois qu'on abordait la vie chez les Marines, l'ancien marine Declan James Farraday minimisait l'idée du danger. Brooks n'était pas surpris que n'importe lequel d'entre eux fasse cela pour leur tante, mais il se serait attendu à ce que D.J. soit plus direct avec ses frères. Cela dit, certaines choses, un homme les garde pour lui-même. La guerre en ferait certainement partie.

— Tu as trouvé quelque chose d'intéressant ?

— Ça dépend de ce que tu appelles intéressant. D'après ce que je peux voir, il ne fraude pas le fisc, mais avec la quantité d'argent sur laquelle ce type est assis, si je creuse un peu plus, je suis sûr que la poussière va s'élever.

— D'accord. Je suis partant pour tout ce qui peut mettre

cet homme hors d'état de nuire. Quoi d'autre ?

— M. Bennett semble avoir un problème de colère.

Sans blague.

— Un problème dont sa maîtresse n'est pas du tout satisfaite.

— Sa quoi ?

— Tu as bien entendu. Il a des couilles, en plus. Il y a trois ans, il a installé sa petite amie, Nancy Cameron, dans un appartement chic dans le même immeuble où il vit avec sa femme.

— Fils de…

— Et voici le plus beau. La maîtresse a une ordonnance restrictive contre lui.

— Vraiment ?

Comme c'est intéressant.

— Il semble qu'il ait été un peu trop violent un peu trop souvent.

— Un peu ?

— Il l'a mise à l'hôpital pendant une semaine.

— Merde.

Il n'y avait aucune chance que Brooks laisse ce type s'approcher de Toni ou du bébé — jamais.

— Ce qui est intéressant, c'est que le timing semble coïncider avec la première fois que M. Merveilleux s'en est pris à Toni.

— Une idée de pourquoi ce salaud infidèle a pété les plombs ?

— Je travaille encore là-dessus aussi. Mais toi et moi savons que des types comme lui ne changent pas. Ils ne font qu'empirer. Plus vite nous sortirons ce personnage de sa vie, mieux ce sera. En attendant, nous continuerons à creuser. Ce type pue. S'il y a autre chose à trouver, nous le trouverons. Je te le promets. Et au fait, dis à Toni que nous aurons un dossier bien épais, si elle en a besoin, quand il sera temps de régler le partage des biens.

— Merci. Tiens-moi au courant.

— Je n'y manquerai pas.

Tant de choses dans ce monde n'auraient jamais de sens pour lui. Des hommes comme Jake Thomas et le mari de

Toni figuraient en tête de liste.

Au moment même où son estomac grondait, Toni sortit de la boutique Sisters en balançant un petit sac. S'il se dépêchait, il pourrait la rattraper. Il allait devoir partager ce qu'il avait appris et ils avaient tous deux besoin de manger. Selon sa tante, les mauvaises nouvelles étaient plus faciles à avaler avec un bon repas ou à faire passer avec un dessert décadent. Il connaissait l'endroit parfait pour les deux.

À mi-chemin entre Sisters et le coin de la rue de Meg, le grondement familier du camion de Brooks ralentit à côté de Toni.

— J'ai obtenu des informations supplémentaires sur ton futur ex. Monte, je te conduirai jusqu'au bout.

Après le baiser de tout à l'heure, aussi chaste soit-il, la dernière chose dont Toni avait besoin était de s'asseoir à côté de Brooks. En bavardant avec les sœurs sur les vêtements de bébé et les pour et contre des couches jetables, des sucettes et du lait en poudre, l'esprit de Toni avait dérivé vers ce baiser doucement tentant. Ce contact si léger qui la faisait encore se sentir un peu étourdie. Et c'était précisément cette sensation d'étourdissement qui la convainquait aussi que sa réaction n'était rien de plus qu'hormonale. Le problème, c'est qu'elle n'était pas intéressée à mettre cette théorie à l'épreuve.

— Une source très savante me dit que l'exercice est bon pour moi.

Brooks rit de la façon dont elle lui avait retourné ses propres instructions.

— Ta source savante a tout à fait raison.

Pendant qu'elle restait sur place, il s'arrêta contre le trottoir, remonta la vitre et sortit du véhicule.

— Je devrais suivre le même conseil.

La seconde d'après, Brooks lui avait pris le sac des mains et marchait à côté d'elle.

— On dirait que tu n'as pas acheté grand-chose.

— De la laine.

— Tu tricotes ?

— Non.

— Mais tu as acheté de la laine ?

Il raccourcit son pas pour s'adapter au sien.

— C'était l'idée des sœurs.

Son menton s'inclina en signe de compréhension.

— Elles peuvent être très persuasives.

— Elles m'ont donné une leçon.

— Une seule ?

— Sissy a dit que c'était tout ce dont j'aurais besoin.

Sa tête hocha à nouveau, lentement, moins convaincue de son accord.

— Donc tu as acheté la laine ?

— Ça semblait être une bonne idée sur le moment.

— Et qu'est-ce que tu vas faire ?

— Une couverture pour bébé. Elles ont dit que le crochet serait plus facile. Un crochet, difficile de perdre des mailles.

— Je crois que c'est ce que fait ma tante. Elle et les autres dames du club social passent la plupart de leur temps à socialiser ou à jouer aux cartes, mais elles aiment toujours faire des couvertures et d'autres cadeaux pour les nouvelles mamans. Une sorte de tradition de la ville.

— C'est une belle tradition.

— Nous en avons beaucoup.

— Vraiment ?

Née et élevée en banlieue, il n'y avait pas beaucoup de traditions qui avaient survécu à l'invasion de la technologie moderne et du made in China.

— Comme quoi ?

— Eh bien, la ville fait toujours un repas-partage après l'église le premier dimanche du mois. Les gens qui vivent assez loin et ne viennent pas en ville pour le service hebdomadaire viennent le premier dimanche.

— Et tout le monde apporte un plat ?

— Oui. Nous avons des cuisiniers et des pâtissiers vraiment formidables dans le comté.

— Je m'en doute. Des recettes probablement transmises

de génération en génération. Certaines de ses meilleures recettes appartenaient à sa grand-mère.

Plus ils s'approchaient du parc en bas de la colline, plus on entendait clairement les cris d'un enfant. La façon dont Brooks se concentra sur le petit qui tournait sur le manège de la cour de récréation, lui aussi avait confondu les fous rires et les éclats de rire avec des cris douloureux.

— Je suis passé par ici au moins une fois par jour et c'est la première fois que je vois quelqu'un dans ce parc.

— Après l'école, c'est le moment où tu as le plus de chances de voir des enfants jouer. Parfois, quelques mamans viendront pour un rendez-vous de jeu, mais ce n'est pas comme quand nous étions jeunes.

— Plus d'enfants à l'époque ?

Elle s'était arrêtée de marcher pour regarder la mère faire tourner ses deux enfants sur la roue colorée.

— En fait, avec la population croissante et plus de gens vivant en ville, il y a probablement plus d'enfants maintenant qu'à l'époque. Le triste, c'est qu'ils sont probablement installés devant leurs jeux vidéo ou leurs ordinateurs.

— C'est drôle, ici je me sens si loin des temps modernes.

Au lieu de continuer sur le trottoir, Toni fit quelques pas sur l'herbe, toujours fascinée par la scène devant elle.

— Je m'attends presque à voir une Studebaker descendre lentement la route, ou des ados en jupes bouffantes sortir de la pharmacie.

Brooks rit.

— La ville peut avoir cet effet sur les gens. Mais même Tuckers Bluff n'a pas échappé à l'évolution des temps. Que nous le voulions ou non, les chaînes d'information en continu et Internet ont amené le monde dans nos jardins.

— Mais vous faites toujours des dîners d'église en repas-partage. Des constructions de grange collective ?

Il rit à nouveau.

— Pas exactement.

— Quoi exactement ?

— Il y a généralement une sorte de vente de charité de

l'église pour récolter des fonds pour ce que l'assurance ne couvre pas.

— Je te l'avais dit.

Elle s'aventura plus profondément dans le petit parc.

— Ils en avaient un de ceux-là dans un parc voisin quand j'étais jeune, mais ils l'ont enlevé. Ma mère a dit que c'était trop dangereux.

— Pas surprenant. Quand j'étais gamin, on faisait tourner ce truc si vite que les enfants commençaient à s'envoler, un par un. Le « gagnant » était le dernier à s'accrocher pour sa vie.

— D'accord, quand tu le présentes comme ça, le retirer de l'aire de jeux a du sens. Mais je me demande pourquoi celui-ci est toujours là ?

— Peut-être parce que les parents avec des enfants élevés avec des chevaux n'ont pas si peur de ce qu'un manège à l'ancienne peut faire.

— Je suppose. J'étais plutôt une fille de balançoire. Je me souviens presque de l'excitation de repousser les limites de plus en plus haut. Quand on est enfant, c'était le truc le plus cool.

Se tournant vers sa gauche, Brooks pointa un grand chêne.

— Tu vois cette branche là-haut ?

Il y avait beaucoup de branches.

— Tu devrais être plus précis.

— Celle au-dessus des barres de singe, qui sort tout droit et puis qui se plie soudainement vers le haut.

— Oui ?

— Pendant que les autres enfants s'amusaient sur les barres de singe lors d'un pique-nique du 4 juillet…

Elle ne put s'empêcher de sourire. Le sosie de Mayberry avait un pique-nique annuel de la ville.

— …Hank se vantait de pouvoir se tenir au sommet des barres de singe. Adam et moi avons décidé de lui montrer.

— Oh oh.

— Nous avons grimpé à cet arbre et nous nous sommes tenus au bord de la branche en criant comme Tarzan.

Malgré ce qui allait suivre, Brooks regardait l'arbre

comme s'il admirait une ancienne amoureuse.

— Puis nous avons entendu le premier craquement.

— Je le savais.

Elle essaya d'étouffer un rire avec sa main.

— La seule raison pour laquelle je ne suis pas horrifiée, c'est que je sais que toi et Adam ne semblent pas avoir de cicatrices permanentes.

Brooks remonta sa manche et tourna son poignet.

— Ça aurait pu être pire. Adam a amorti ma chute. Il a été sur des béquilles pendant six semaines. Et quand nous avons tous les deux été libérés de nos plâtres, Papa nous a fait faire des corvées pour le vieux Brennan après avoir terminé les nôtres. Quelque chose à propos d'apprendre à utiliser nos têtes au lieu de tomber dessus.

La mère annonça qu'il était temps de rentrer à la maison et de préparer le dîner. Les deux jeunes garçons marmonnèrent à voix basse, puis décidèrent qu'il serait plus amusant de courir jusqu'au trottoir. Alors que les enfants passaient en volant, la maman s'arrêta à côté d'eux.

— Salut Docteur. Je jure qu'un de ces jours, ces deux-là vont manquer d'énergie.

Les deux garçons s'approchèrent du trottoir.

— Attendez-moi.

Elle se retourna.

— Je ferais mieux d'y aller. Content de vous avoir vu.

— Ne les laisse pas t'épuiser trop !

Brooks rit à la vue de la jeune mère poursuivant ses enfants. Se tournant vers Toni, il posa sa main sur le bas de son dos et la poussa doucement en avant.

— Allons voir.

— Oh non.

Elle regarda l'équipement de jeu multicolore maintenant immobile.

— Je ne vais absolument pas tourner sur ce truc.

— Pas le manège.

Il fit quelques pas de plus et fit signe devant vers les balançoires.

— Vas-y. Je suis là.

CHAPITRE SEIZE

Quand il s'était lancé à la poursuite de Toni, il avait prévu de l'emmener au restaurant Lakehouse. Situé à la périphérie de Butler Springs, c'était l'endroit idéal pour une sortie. D'après tout ce qu'il avait appris sur elle et ce qu'il s'apprêtait à lui révéler, il estimait qu'elle méritait cette attention. S'arrêter pour jouer comme des gamins dans un parc était bien la dernière chose qu'il s'attendait à faire. En l'écoutant rire pendant qu'elle se balançait aussi haut qu'elle osait, il ne pouvait imaginer meilleur endroit où se trouver.

— C'est toujours aussi amusant, lança Toni de là-haut avant d'éclater de joie en le dépassant puis en remontant derrière les barres métalliques.

À son passage suivant, il remarqua qu'elle avait cessé de se balancer et attendit qu'elle ralentisse jusqu'à s'arrêter.

— L'âge adulte est vraiment surestimé, gloussa-t-elle.

Il lui tendit la main pour l'aider à se relever, puis resta près d'elle le temps que ses jambes trouvent leur équilibre.

— Attention, Capitaine Jack.

— C'était vraiment chouette. Je pense que les adultes ne s'amusent pas assez.

— Ma tante ne serait pas d'accord. Et d'après certaines parties de cartes auxquelles j'ai assisté, je dirais que ces vieilles dames s'amusent beaucoup.

— Peut-être.

Au pied des balançoires, elle se baissa pour ramasser son sac de chez Sisters, puis se tourna et tendit la main pour récupérer son sac à main sur l'épaule de Brooks.

— Merci.

Bien qu'il détestât gâcher sa bonne humeur, ils avaient

des choses à aborder.

— Je vois que tu as quelque chose à me dire, alors vas-y. Je suis toute ouïe.

— Suis-je si facile à déchiffrer ?

Toni haussa les épaules.

— Je t'ai beaucoup observé ces derniers jours. Les frères ont quelques traits en commun.

— Comme ?

— Eh bien, aujourd'hui avec Charlotte Thomas, D.J. était ton image miroir. Tu as ce pli entre les sourcils qui n'est pas assez marqué pour être un froncement, mais qui montre clairement ton mécontentement. Mais ce qui te trahit vraiment, ce sont tes yeux. Il y a une intensité en eux qui donne vie au vieux cliché « si les regards pouvaient tuer ».

— Si ce n'était pas illégal, j'emmènerais volontiers Jake derrière la remise pour lui donner une leçon qu'il n'oublierait pas de sitôt.

— Je te crois sur parole.

Le vieux chêne avec sa branche coudée, où de nouvelles pousses avaient germé après que les jardiniers eurent scié l'extrémité il y a vingt ans, ombrageait deux tables de pique-nique en plastique.

— On s'assoit ?

Toni haussa un sourcil.

— C'est assez grave pour vouloir m'en parler en privé ?

— Je ne sais pas.

Il ne savait vraiment pas. Pour n'importe quel couple normal, il s'attendrait à ce que la nouvelle soit dévastatrice. Mais comment une future ex-épouse malheureuse réagirait-elle ? De cela, il n'en avait aucune idée.

D'un hochement de tête, Toni s'installa sur le banc le plus proche.

— D'accord, qu'est-ce que c'est ?

Une maîtresse.

— Depuis combien de temps ?

— Je ne suis pas sûr. Au moins trois ans.

Dans son propre immeuble. S'étaient-elles rencontrées ? Avaient-elles bavardé près des boîtes aux lettres ? Pris l'ascenseur ensemble ?

— À quoi ressemble-t-elle ?

— Je ne sais pas.

Le ton de Brooks était aussi plat que son visage était inexpressif. Il avait dit très peu de choses après avoir lâché la bombe sur la maîtresse et l'ordonnance d'éloignement.

— Je suppose que je devrais obtenir une ordonnance d'éloignement aussi.

Si William avait été capable d'envoyer cette autre femme à l'hôpital pendant une semaine pour on ne sait quelle infraction, il était certainement capable de lui faire la même chose quand il découvrirait qu'elle n'avait pas l'intention de retirer sa demande de divorce.

— Ce serait sage.

Encore une fois, son visage révélait peu. Contrairement à William, qui l'avait habituée à lui dire comment se sentir et quoi penser, Brooks lui donnait tout l'espace et le temps dont elle avait besoin pour se faire sa propre opinion.

Elle aimait ça. Aimait prendre à nouveau ses propres décisions.

— Oui. Je pense que ce serait une bonne idée. Ce que je ne sais pas, c'est si je peux mettre ça en place depuis le Texas ou si je dois attendre de rentrer chez moi.

Cette fois, ses yeux exprimèrent la colère avant qu'un voile impassible ne descende à nouveau. Les muscles de sa mâchoire tressaillirent.

Derrière ses yeux voilés, elle pouvait presque voir le débat, celui que ses dents serrées ne pouvaient cacher.

— Tu as quelque chose à dire. Dis-le.

— Ce n'est pas à moi de le faire.

Pas à lui ?

— Laisse-moi voir si je comprends bien. Tu as enquêté sur William dans mon dos, tu as pris le temps de m'informer de sa fichue maîtresse depuis plus de trois ans, mais ce n'est pas à toi de partager ce que tu penses ?

Sa mâchoire tressaillit à nouveau.

— C'est exact.

— Mais pourquoi, bon sang ?

Elle bondit sur ses pieds, agitant les bras. Cela faisait bien longtemps que Toni n'avait pas ressenti la moindre trace de colère monter en elle.

— J'ai en fait beaucoup à dire, mais pas avant que tu aies pris ta décision.

— Pris ma décision ?

Elle fit un pas en arrière.

— C'est quoi ce délire ? Tu ne peux pas être fâché contre moi parce que je n'ai jamais eu d'ordonnance d'éloignement. Ou bien si ?

Elle se pencha en avant, assez en colère pour vouloir le frapper. Fini le vrai Prince Charmant.

— Tu n'as aucune idée de ce que c'est de se faire lentement arracher chaque morceau de soi, centimètre par centimètre, jusqu'au jour où la réalité te frappe littéralement en pleine figure.

— Je…

— Tu quoi ?

Elle pointa un doigt vers lui.

Son regard s'adoucit et pour la première fois depuis qu'elle l'avait rencontré il y a peu, elle crut voir de la peur dans les yeux de Brooks.

— Je ne veux pas te voir souffrir.

Se rasseyant sur le banc, Toni prit une profonde inspiration. C'était peut-être les hormones. Elle avait entendu dire que les femmes enceintes étaient sujettes aux sautes d'humeur. Mais bon sang, elle était dans un sacré pétrin et n'avait pas envie de jouer aux devinettes.

— Tu auras peut-être du mal à le croire, mais j'étais autrefois indépendante, forte, ou du moins je le pensais.

Même maintenant, loin de William, à nouveau seule, réunie avec Meg et se sentant plus forte, elle ne comprenait toujours pas ce qui s'était passé. Comment sa vie avait autant dérapé.

— J'avais même l'esprit fougueux de ma mère italienne.

— Je crois que tu viens de m'en montrer un aperçu.

Ses paroles la firent sourire.

— C'est vrai, n'est-ce pas ?

— Tu étais aussi assez en colère contre moi ce jour-là avec le chien. Tu m'as traité de méchant.

Toni sentit ses joues s'empourprer.

— Je suis désolée pour ça.

— Je suis en fait quelqu'un de gentil.

Pour la première fois depuis qu'ils s'étaient assis, il sourit.

— Même avant de devenir médecin, tout le monde le disait.

— Je te crois.

Et cela l'effrayait. C'était beaucoup plus facile si elle pouvait croire que Brooks était un autre Prince Charmant de pacotille. Mais d'abord l'essentiel.

— Dès que William découvrira que je continue avec la procédure de divorce, il remuera ciel et terre pour revenir à Boston. Je ne peux pas risquer sa colère. Tu penses que ton frère peut aider ?

— Absolument.

Brooks plongea la main dans sa poche pour prendre son téléphone.

S'accrochant à son poignet, Toni immobilisa sa main.

— Pas encore. Je dois régler quelques autres choses avant. J'ai peur de ce que William pourrait faire s'il découvre l'existence du bébé.

Brooks se raidit sous ses doigts, le muscle le long de sa mâchoire se tendit.

— Après ce que Brooklyn a rapporté sur cette femme, j'ai pris ma décision. Je vais devoir me faire discrète jusqu'à ce que le divorce soit finalisé.

Toni prit une profonde respiration. C'était probablement bon pour elle de dire les choses à voix haute.

— Je ne veux jamais que cet enfant sache que ce monstre déguisé en agneau est son père.

Ce n'est que lorsqu'il posa sa main libre sur la sienne qu'elle réalisa qu'elle tenait toujours son bras.

— Normalement, j'aurais pensé qu'il n'y avait aucune raison valable de cacher l'enfant d'un homme à son père.

Toni ouvrit la bouche pour parler et Brooks leva un doigt.

— J'ai dit, normalement. Chaque jour, plus j'en apprends sur William, plus je suis convaincu que tu n'as pas d'autre choix. Pas si tu veux protéger ton bébé.

Les larmes lui montèrent aux yeux.

— Oh, zut. Est-ce que ça va durer encore huit mois ?

Brooks rit doucement.

— Probablement.

— Super, dit Toni en s'essuyant les yeux. — Je ferais mieux d'investir dans des vêtements de maternité imperméables.

— Parle-en aux sœurs, si elles n'en ont pas, elles sauront où en trouver.

L'image même des deux sœurs dépareillées papillonnant joyeusement dans la boutique pittoresque fit sourire Toni. En même temps, elle trouva le grondement dans l'estomac de Brooks tout à fait hilarant.

— Allez. On ferait mieux de te trouver à manger.

— C'était la prochaine chose sur ma liste. Il y a un super restaurant à l'extérieur de Butler Springs…

— Une autre fois, ça sonnerait merveilleux, mais pas ce soir. Je veux juste un bon repas fait maison tranquille.

— Bien sûr, je comprends.

Brooks se leva et son bras glissa facilement de sous le sien.

La brise du soir caressant sa peau maintenant découverte envoya un frisson désagréable dans toutes les directions. Il y avait peu de choses dont elle était absolument sûre à ce stade de sa vie, mais vouloir rester près de Brooks était une évidence.

— Que faudrait-il pour te convaincre de rester et de te joindre à Meg, Adam et moi pour dîner ?

Brooks tendit sa main devant elle.

— Je suis sûr que tu peux facilement me tordre le bras.

Ses mains touchaient à peine les siennes quand il pivota comme si son bras était tordu derrière lui.

— J'abandonne. Ce sera dîner au B&B ce soir.

En l'aidant à sortir du banc de pique-nique, Brooks

saisit fermement sa main dans la sienne. Elle était déjà sortie du parc et à mi-chemin dans la rue quand elle réalisa qu'il tenait toujours sa main. Et bon sang, elle aurait aimé pouvoir figer cet instant, marchant côte à côte, paisible et heureuse avec un homme qui se souciait vraiment d'elle.

CHAPITRE DIX-SEPT

Brooks avait l'impression d'être un adolescent raccompagnant une fille après l'école. Ils avaient atteint le coin de la rue de Meg avant qu'il ne se rende compte qu'il tenait toujours la main de Toni, et le plus étrange, c'est qu'il n'avait pas envie de la lâcher. Au moment où il hésitait encore sur la conduite à tenir, il se retrouva devant la maison de Meg, face à une tante Eileen visiblement mécontente.

— Laisse-moi prendre ça pour toi.

La décision de lâcher la main de Toni étant prise pour lui, Brooks s'empara de la pile de tissu plié des bras de sa tante.

— Ce sont les nouveaux rideaux du salon que j'ai promis à Meg.

Le menton relevé, tante Eileen le regarda droit dans les yeux.

— Tu les rentres à l'intérieur. J'ai un plat chaud dans la camionnette.

— Puis-je vous aider ? demanda Toni d'une voix à peine audible.

Tante Eileen tourna son regard vers l'amie de Meg. La flamme qu'elle avait montrée à Brooks persistait.

— Ce ne sera pas nécessaire.

— Vous êtes sûre ?

Tante Eileen observa l'attitude soumise de Toni.

— J'ai d'autres rideaux sur la banquette arrière. J'ai déposé quelques plats surgelés pour Nora. Becky et Dorothy doivent me rejoindre ici. Nous avons dit à Meg que nous l'aiderions à accrocher les rideaux et à rendre cet endroit plus accueillant pour une famille.

Le mot famille fit momentanément écarquiller les yeux de Toni avant qu'elle ne hoche la tête et se précipite vers la camionnette.

Brooks s'approcha de sa tante et baissa la voix.

— Peu importe ce que tu crois avoir vu. Quoi que tu aies à dire, tu me le diras plus tard. La dernière chose dont Toni a besoin maintenant, c'est que tu la regardes de haut. Alors ravale ta colère et sois gentille.

Des yeux plissés qui, au fil des ans, l'avaient silencieusement réprimandé pour tout, depuis s'agiter à l'église jusqu'à porter son chapeau dans la maison, le transpercèrent. Cette femme, la plus proche d'une mère qu'il ait jamais eue, déglutit et ouvrit la bouche pour parler.

— Gentille, répéta-t-il. Ou rentre chez toi.

Reculant en entendant les pas de Toni qui approchaient, Brooks se détourna de sa tante et sourit à Toni.

— Meg va adorer ces rideaux.

Déjà dans la maison, Becky et Dorothy s'affairaient dans la cuisine, déplaçant assiettes, casseroles et assez de nourriture pour nourrir la moitié de la ville.

— J'ai mis mes vêtements de peinture, dit tante Eileen en tendant un plat chaud à Meg.

— J'ai pensé qu'on finirait le petit salon de la chambre principale après le dîner, avant d'accrocher les rideaux.

— Oh, ce ne sera pas nécessaire.

— Sottises. Le mariage est samedi en huit. À moins que tu ne prévois de faire faire des allers-retours à ta famille et à tes amis jusqu'à Butler Springs, nous devons nous dépêcher. D'ailleurs, ajouta tante Eileen avec un sourire digne du chat du Cheshire, on ne peut pas laisser la suite nuptiale ressembler à un chantier de construction.

Meg rougit, Becky gloussa discrètement, et Toni se détourna pour sortir des couverts d'un tiroir. Brooks avait envie d'étrangler sa tante pour avoir bouleversé Toni. Sa façon de se déplacer silencieusement, sans participer aux bavardages et aux taquineries, lui donnait envie d'enfoncer son poing dans le mur le plus proche. Ce qu'il n'avait pas fait depuis le lendemain de l'enterrement de sa mère, quand il avait finalement réalisé qu'elle ne reviendrait jamais.

— Brooks, sourit rigidement tante Eileen à son neveu.

— J'ai encore des choses dans la camionnette. J'aurais besoin d'aide.

— Je vais le faire, répondit Adam, qui venait tout juste d'entrer par la porte d'entrée.

— Ce n'est pas la peine, dit Eileen en caressant la joue de son neveu aîné.

— Brooks s'en occupe déjà.

Les sourcils levés sur son front, Adam regarda Brooks. Impossible de cacher quand l'un des frères était en disgrâce auprès de leur tante, peu importe comment elle l'exprimait. Peut-être que Brooks n'aurait pas dû lui aboyer dessus plus tôt, et peut-être que tenir la main d'une femme mariée allait à l'encontre de toutes les règles avec lesquelles il avait été élevé, mais cela ne donnait pas à sa tante le droit de le juger.

Ignorant l'agitation des personnes dans la cuisine, Brooks suivit Eileen dehors. Marchant vers la camionnette garée au bord du trottoir, ses talons de bottes claquaient bruyamment contre les planches du porche en bois restauré. Enfant, il pouvait évaluer à quel point l'un d'eux était en difficulté en fonction de la force de chaque pas. En ce moment, elle aurait pu enfoncer des clous dans la pierre. Adulte ou non, il avait de gros ennuis.

Vingt-cinq ans. Eileen était tellement furieuse qu'elle pouvait entendre son cœur battre dans ses oreilles. Pas depuis le jour où elle avait maudit les cieux pour avoir pris sa sœur, elle n'avait été aussi en colère. Vingt-cinq ans et aucun de ses garçons ne lui avait parlé de cette façon. Bien sûr, il y avait eu des murmures et des grognements de temps à autre, mais Eileen avait appris à choisir ses batailles et compris que l'ouïe sélective pouvait être sa meilleure amie, mais là…

Rentre chez toi, lui avait-il dit.

Il aurait pu la gifler de toutes ses forces que ça ne lui aurait pas fait aussi mal que ces mots tranchants. Jamais, même quand leur maman venait de partir et que les garçons étaient rongés par la douleur, ils ne lui avaient répondu. Ne s'étaient retournés contre elle.

Devant la vieille Suburban qui était la sienne depuis près d'une décennie, toute la douleur et la colère qui l'habitaient la firent tirer sur la portière avec assez de force pour l'arracher et la jeter à travers la cour. À plusieurs mètres. Atteignant la banquette arrière, elle saisit les poignées du porte-plat matelassé. Au fil des ans, les dames du club social avaient fabriqué assez de ces trucs pour approvisionner tous les repas-partage de l'État. En ce moment, elle avait envie de le jeter, avec la portière et son neveu, à l'autre bout de la ville. Au lieu de cela, elle prit une longue inspiration et, soulevant le plat chaud de sa tarte aux patates douces, pivota sur ses talons pour faire face à son deuxième plus vieux neveu.

Des yeux verts brillants la regardaient avec presque autant de douleur et de tourment qu'elle en ressentait pulser en elle. Sa voix sortit basse et tendre, plus comme le grondement d'une voiture de luxe bien réglée.

— Je t'aime.

Comme l'œil du cyclone, toute la fureur qui tourbillonnait autour d'elle céda la place au lien tranquille qui avait maintenu cette famille unie pendant vingt-cinq ans.

— Bon sang.

Les larmes qu'elle avait retenues par colère se formèrent comme un lac pendant la saison des pluies.

Prenant le plat chaud de sa main, Brooks avança d'un seul mouvement et entoura son petit corps de sa force massive. Quand diable ces garçons avaient-ils grandi ?

— Je ne voudrais jamais te faire de mal. Jamais, dit-il d'une voix tendue.

— Mais j'ai besoin que tu comprennes.

Mettant de côté ses propres sentiments, Eileen leva les yeux vers le garçon qu'elle avait aidé à élever jusqu'à l'âge adulte depuis ses dix ans. Comment avait-elle manqué ce regard ? Son père Sean et elle l'avaient repéré presque dès le premier jour dans les yeux d'Adam. Ni l'un ni l'autre n'avait douté que l'étrangère en ville avait gagné le cœur d'Adam, même si Adam et Meg n'en avaient pas encore eu la moindre idée. Et pourtant, c'était différent. Eileen était déchirée entre l'envie de corriger Brooks pour avoir ne serait-ce que regardé une femme mariée et celle de le prendre dans ses bras comme le garçon qu'il était autrefois, face à l'inévitable chagrin qu'un tel scénario ferait peser sur lui.

— Ce n'est pas ce que tu penses.

Sa voix était plus ferme, sa posture plus droite.

Il souffrait et elle détestait chaque seconde de cela. Elle n'avait peut-être pas porté ces garçons dans son ventre, mais elle les avait eus dans son cœur avant même leur premier souffle. S'éloignant de son étreinte et démêlant les montagnes russes d'émotions qui bouillonnaient en elle, elle tendit la main vers la banquette arrière pour prendre un autre sac contenant plus de rideaux.

— Comment sais-tu ce que je pense ?

— Parce que j'y ai déjà pensé moi-même. Et j'espère que tu me connais assez bien pour savoir que je ne braconnerais jamais la fille d'un autre homme, encore moins sa femme.

Serrant le sac contre sa poitrine, elle pivota et fixa son regard au sien. Il avait raison. Elle le savait. Elle le croyait de tous ses garçons.

— C'est vrai.

— Alors je sais que c'est difficile, mais tu dois me faire confiance.

Ce n'était pas comme la fois où l'équipe de baseball avait été suspendue pour avoir du tabac à chiquer dans leurs sacs et où elle et Sean avaient dû choisir entre soutenir la décision du principal et défendre Brooks, qui insistait sur le fait qu'il n'avait jamais utilisé de chique. C'était s'aventurer sur le terrain des Dix Commandements. Mais elle devait se rappeler qu'il s'agissait de l'homme dont elle avait été fière chaque jour de sa vie. Elle n'allait certainement pas s'arrêter maintenant.

— Je te fais confiance.

Un petit sourire se dessina sur ses lèvres et elle put voir

au moins un peu du poids qu'il portait se soulever de ses épaules. Elle ne voulait pas ajouter à ses fardeaux à nouveau. Cette situation deviendrait sans doute assez compliquée — quoi qu'elle soit.

— Il y a assez de nourriture ici pour nourrir une armée. Qui d'autre vient ? Adam souleva le couvercle de l'un des plateaux.

À l'évier, rinçant la laitue pour la salade et souriant comme une folle, Meg lança par-dessus son épaule à son fiancé :

— Personne d'autre. Ce qui n'est pas mangé peut être congelé, comme ça tu n'auras pas à t'inquiéter d'une intoxication alimentaire quand on reviendra de notre lune de miel.

Hachant poivrons et concombres, Toni ne prêtait qu'à moitié attention au bavardage dans la cuisine. La plupart de son attention était concentrée à guetter le retour de Brooks et de sa tante. La façon dont la tante de Brooks l'avait regardée alors qu'ils remontaient la rue l'avait fait se sentir toute petite. Non pas qu'elle ait eu besoin que tante Eileen lui dise que remonter la rue main dans la main avec Brooks était techniquement totalement inapproprié, elle l'avait compris par elle-même à mi-chemin. Elle avait aussi compris qu'elle s'en fichait, mais elle avait été idiote de ne pas penser à ce que les gens diraient s'ils les avaient vus.

Rentrer à la maison en se tenant la main était un geste d'enfant. Innocent. Anodin. Ce n'était pas comme si tante Eileen les avait surpris en train de faire l'amour dans le jardin. Mais vu à quel point elle se sentait mal, ça aurait tout aussi bien pu être le cas. L'activité dans la cuisine s'intensifiait tandis que casseroles et poêles étaient déplacées, que placards étaient ouverts et fermés, et qu'assiettes, verres, couverts et serviettes étaient sortis. Tout ce qu'il fallait pour servir un repas familial. Mais le seul bruit qu'elle voulait entendre ne se produisait pas. Pourquoi

Eileen et Brooks prenaient-ils tant de temps ?

Le regard d'Eileen était gravé dans l'esprit de Toni. Allez, revenez. L'envie d'aller jeter un coup d'œil à travers les rideaux du salon était presque irrésistible. Peut-être devrait-elle sortir. Expliquer. S'excuser. Auprès de tante Eileen et de Brooks.

— …ce serait parfait.

Ce n'est que lorsque la pièce devint soudainement silencieuse que Toni réalisa que les derniers mots de Meg lui étaient adressés.

Attendant encore un instant, Meg posa le saladier sur l'îlot devant Toni.

— Tu ne crois pas ?

Mince, Toni devait répondre mais quelle était la question, bordel.

— Je, euh.

— La maison sera de toute façon vide pendant une semaine.

Meg continuait à la regarder avec espoir, mais Toni n'était pas douée pour les devinettes.

— Je suis désolée, mais…

— Non. Tu n'as pas besoin de répondre maintenant. Promets-moi juste d'y réfléchir.

Réfléchir à quoi ?

— Tarte aux patates douces pour le dessert.

Brooks entra dans la cuisine portant un porte-plat rose vif. Et plus important encore, il souriait.

Quelques centimètres derrière lui, tante Eileen suivait.

— Pas aussi bon que ces fabuleux cake balls, mais avec Toni qui travaille toute la journée, je ne pensais pas qu'elle aurait le temps de cuisiner aussi, dit-elle.

Le sourire radieux qui illuminait le visage de la tante semblait sincère, et une vague de soulagement envahit Toni. La tension qui aurait pu être coupée au couteau entre Brooks et sa tante un peu plus tôt avait presque complètement disparu. Scrutant la pièce, Eileen regarda les personnes qui attendaient une réponse.

— Avons-nous manqué quelque chose ?

Meg fit un geste vers Toni.

— J'étais juste en train de lui expliquer toutes les raisons pour lesquelles rester pour m'aider à lancer le B&B serait parfait pour elle.

Eileen garda son sourire mais parut un peu surprise.

— Tu vas rester avec nous ?

— Je, euh…

Elle regarda Brooks qui se tenait toujours à côté de sa tante, mais montrait peu d'expression. Comme elle aurait aimé pouvoir lire dans ses yeux ce qu'il pensait de cette idée. Elle avait un certain mérite. N'avait-elle pas pensé il y a peu que Tuckers Bluff serait un endroit agréable pour élever son enfant ? D'un autre côté, elle n'avait jamais été vraiment indépendante. Elle était passée de la maison de ses parents à celle de William. Voulait-elle vraiment dépendre de quelqu'un d'autre à nouveau ?

CHAPITRE DIX-HUIT

— Je pense que la chose la plus incroyable quand on visite cette région, c'est le ciel étoilé.

Sur la terrasse arrière avec Meg, Toni était assise sur la balustrade, le regard fixé vers le ciel.

— Je ne crois pas avoir jamais vu autant d'étoiles de toute ma vie.

— Je vois ce que tu veux dire, répondit Meg en continuant de se balancer. Ces kilomètres de terre à perte de vue sans le moindre arbre ni arbuste, c'est assez saisissant, et ça donne aussi des couchers de soleil magnifiques.

— J'imagine. Petite étoile si brillante ; Toutes les étoiles que je vois ce soir ; Je souhaite pouvoir, je souhaite peut-être.

— Si tu pouvais faire un vœu, ce serait quoi ?

— Oh, ma chérie. Je ne sais pas.

Meg donna un coup de pied au sol et se balança un peu plus vite.

— Je suppose… une clinique pour Brooks.

— Quoi ?

Parmi toutes les possibilités, Toni ne s'attendait pas à quelque chose comme ça.

— Adam a repris la clinique vétérinaire quand le médecin précédent a pris sa retraite. Il a eu toute l'affaire pour une bouchée de pain. Il a fait quelques agrandissements, mais pas beaucoup. Tuckers Bluff n'a pas eu de médecin de ville depuis plus longtemps que quiconque ne s'en souvienne. Il y a une clinique correcte à Butler Springs. Pour tout ce qui est vraiment grave, il faut aller jusqu'à Abilene pour trouver un établissement de santé important.

— Je ne m'en rendais pas compte.

— C'est pour ça que Brooks fait de si bonnes affaires. Beaucoup des gens qui viennent le consulter viennent d'assez loin. Pour tous ceux qui vivent au sud ou à l'ouest d'ici, son cabinet leur évite plus d'une heure de route par rapport à un aller-retour à la clinique.

— Et il veut une clinique comme celle de Butler Springs ?

Meg haussa les épaules.

— Je ne sais pas exactement quelle taille il voudrait, mais il maintient son vieux Suburban en état de marche avec de la salive et des prières, et à la place, il a mis son argent dans une machine à rayons X. Je voyais bien que ça le rendait fou de devoir envoyer ses patients hors de la ville s'ils avaient une possible fracture.

— À quelle distance se trouve Butler Springs déjà ?

La porte moustiquaire grinça et Brooks apparut.

— Environ cent cinquante kilomètres à vol d'oiseau.

— On parlait justement de la clinique.

Meg sourit à son futur beau-frère.

— Adam et moi avons fini la dernière partie des boiseries dans la chambre du fond…

— Vous n'aviez pas besoin de rester si tard. Ça pouvait attendre.

— Pas selon tante Eileen.

Brooks afficha un sourire sincère mais fatigué. Toni était tellement soulagée que ce qui s'était passé entre eux n'ait pas été un gros problème, et elle espérait que cela ne la concernait pas après tout.

— Je maintiens que tu aurais dû rentrer avec les autres ; tu dois aussi travailler demain matin.

— Le sommeil est surestimé.

Souriant à nouveau, Brooks haussa nonchalamment l'épaule et Toni sentit l'attraction de ce geste humble jusque dans ses orteils. Un homme bien comme on n'en fait plus.

— Quoi qu'il en soit, avant de partir, je pensais que tu voudrais savoir qu'Adam est en train de piller le frigo. Je crois qu'il cherche ces boules de gâteau.

Meg bondit sur ses pieds.

— Elles sont pour le reste de la semaine au restaurant.

Secouant la tête, Meg le dépassa en vitesse pour entrer dans la maison, criant après Adam.

— N'y pense même pas.

— J'adore les voir tous les deux.

C'était vrai. C'était comme regarder un film à l'eau de rose se dérouler devant elle.

— Tu crois qu'ils seront toujours aussi heureux ?

— Je ne vois pas pourquoi ils ne le seraient pas.

Brooks traversa la terrasse et s'appuya contre la balustrade à côté d'elle.

— Envie de discuter ?

— À propos de quoi ?

— Ta prochaine décision.

— Oh.

C'était tout ce à quoi elle avait pensé depuis l'offre de Meg de rester. Tout au long du dîner, du nettoyage et de l'accrochage des rideaux, elle avait pesé ses options.

— Je n'avais pas prévu de quitter Boston tout de suite.

Brooks hocha la tête.

— Je pensais avoir plus de temps pour économiser, pour planifier. Mais je t'ai déjà dit ça.

Brooks hocha à nouveau la tête.

— C'est drôle, ou peut-être pas, de voir à quel point les choses deviennent plus claires quand on les réduit à ce qui compte vraiment.

— Et qu'est-ce qui compte vraiment pour toi ?

— Le bébé. Ma famille, ma mère et mon père. Je ne veux toujours pas qu'ils sachent tout ça avant que ce soit terminé. Quant au bébé, je ferai tout ce qu'il faut pour m'assurer que William ne fasse pas de mal à cet enfant.

Brooks hocha la tête, mais son expression n'avait pas changé. Elle n'avait aucune idée de ce qu'il pensait.

— J'ai déjà décidé que retourner à Boston pour me battre n'est dans l'intérêt de personne. Ça fait un point en faveur de Meg.

Cette fois, elle vit une lueur dans ses yeux.

— Et si je ne veux pas que ma famille soit impliquée ou en danger, ça élimine pratiquement tout l'État du

Massachusetts et du New Hampshire. Donc ça fait deux points.

Un coin de sa bouche s'inclina vers ses yeux étincelants.

— Je n'imagine pas William faire tout ce chemin jusqu'ici, et j'aime assez l'idée de ne plus jamais le voir en face.

— Et pour le bébé ?

— Oui. Eh bien… J'y réfléchis encore.

Brooks hocha la tête, son visage de nouveau illisible.

— Mais surtout, dit-elle en prenant un moment pour lever les yeux vers le ciel éclairé par la lune avant de le regarder à nouveau, j'aime bien cet endroit.

— Vraiment ?

Une lueur de quelque chose brillait dans ses yeux, mais elle n'arrivait pas tout à fait à l'identifier.

Elle hocha la tête.

— En grandissant, j'ai toujours pensé que je voulais m'éloigner de cette grande famille envahissante que j'avais. Épouser William et entrer dans son monde huppé semblait la réponse parfaite. Cette ville est comme une immense famille élargie, et je réalise à quel point ça me manque. Même les sœurs. Au fait, quels sont leurs vrais noms ?

Brooks haussa les épaules.

— Je ne sais pas. Elles ont toujours été Sister et Sissy.

— Oh, bon. Disons simplement que le point trois en faveur de Meg, c'est que j'aime les gens d'ici.

Elle sentit ses joues se réchauffer avec le reste de la phrase :

— Certains plus que d'autres.

À chaque mot que Toni prononçait, le cœur de Brooks battait un peu plus vite. Était-ce ce qu'avait ressenti Adam quand Meg était arrivée en ville ? L'idée de passer plus de temps avec Toni donnait à Brooks l'envie de sauter de joie et de danser une gigue. Tout l'après-midi, il avait réfléchi à des moyens de convaincre Toni, pour son propre bien, de rester à Tuckers Bluff où il pourrait garder un œil sur elle. Au moins jusqu'à ce que William Bennett soit complètement, légalement et véritablement une chose du passé. Maintenant, elle lui avait rendu la tâche mille fois plus facile en arrivant à la même conclusion par elle-même, ou du moins sur la partie concernant le fait de rester en ville plus longtemps. Mais nulle part dans ses conversations intérieures il n'avait anticipé être aussi profondément heureux si elle acceptait.

— L'avocat t'a-t-il donné une idée de la durée du divorce ?

Toni poussa un soupir saccadé.

— En quelque sorte, mais pas vraiment. Si William ne s'y oppose pas, ça pourrait être terminé en quelques mois.

— Est-ce que tu…

Levant la main, elle secoua la tête.

— Mais après l'appel téléphonique d'aujourd'hui, nous savons tous les deux que ça n'arrivera pas. Si par miracle il ne répond pas du tout dans les délais prévus, le divorce peut quand même être prononcé rapidement après cela.

Voilà une possibilité.

— Il est à l'étranger. Peut-être qu'il ne répondra pas. Y a-t-il une chance que l'appel d'aujourd'hui n'ait été que du bluff ?

Il n'y eut pas un moment d'hésitation avant qu'elle ne secoue la tête à plusieurs reprises.

— Pas la moindre chance. William ne croit pas aux menaces en l'air.

C'est ce qu'il craignait qu'elle dise.

— Et s'il te combat sur ce point ?

— Le pire scénario ?

Il hocha la tête.

— Des années.

Pas ce qu'il voulait entendre. Peut-être que suivre les recommandations d'avocats de Brooklyn n'était pas une mauvaise idée. Bien qu'un très bon avocat lui coûterait une fortune qu'elle n'avait probablement pas. Son esprit fit quelques calculs rapides. Il n'était pas riche, loin de là, mais de l'argent pouvait être trouvé.

— Quand en sauras-tu plus ?

— Mon avocat a dit que maintenant que William a reçu les papiers, la rapidité avec laquelle nous entendrons parler de son avocat nous donnera une idée du genre de combat qui m'attend.

— Tu te sens prête à l'affronter ?

Toni cligna des yeux. Pendant un instant, il n'était pas sûr qu'elle l'ait entendu. Sa bouche s'ouvrit puis se referma rapidement. Puis il pensa qu'elle allait hocher la tête, mais au lieu de cela, son épaule se souleva comme pour hausser les épaules. Finalement, elle ferma les yeux, souffla un soupir et serra les lèvres.

En un battement de cœur, il s'était glissé à côté d'elle, résistant à l'envie de la prendre dans ses bras, il se contenta de glisser une mèche de cheveux bouclée derrière son oreille.

— Hé, je suis désolé.

Elle secoua la tête.

— Ça ne devrait pas être une question si difficile. J'aimerais penser que oui. La plupart du temps, je suis sûre que je peux. Sinon pour moi, pour le bébé…

— Mais ? l'encouragea-t-il.

— Mais il a gagné pendant si longtemps…

Serrant ses doigts en poings à ses côtés, Toni leva son visage pour rencontrer ses yeux.

— Je ne veux plus jamais être une grenouille dans l'eau chaude.

— Ne te sous-estime pas. Tu es plus forte que tu ne le penses.

Il aurait souhaité avoir le don de sa sœur avec les mots. Ce qu'il allait dire ensuite était trop important pour le gâcher. S'il allait trop vite, il pourrait l'effrayer, mais s'il ne parlait pas, elle pourrait changer d'avis et quitter la ville, et il n'aurait pas d'autre chance.

— Que ce soit difficile ou facile, quoi que William te réserve, sache que tu peux compter sur tous les Farraday pour te soutenir.

Son regard ne faiblit pas. Elle ne cligna même pas des yeux.

— Et je serai à tes côtés pour te soutenir, te réconforter ou simplement t'encourager. Tout ce dont tu as besoin de ma part.

— Donc si j'ai besoin de quelqu'un pour me tenir la main ?

— Je suis ton homme.

Le cœur battant contre sa poitrine, il tendit la main et enveloppa son poing serré dans le sien.

— Ou un câlin ?

Tirant doucement sa main, il l'attira dans ses bras.

— On m'a dit que je faisais de bons câlins.

— On t'a bien renseigné, murmura-t-elle contre sa chemise.

Souhaiter qu'ils se soient rencontrés à un autre moment ou dans un autre lieu ne servait à rien. Mais en la serrant fermement dans ses bras, il était absolument certain que peu importe le temps qu'il faudrait pour qu'elle soit libre, il serait là à l'attendre. Et s'il commençait à y travailler dès maintenant, peut-être qu'elle serait aussi convaincue que lui que c'était dans ses bras que la vie était censée être.

CHAPITRE DIX-NEUF

— Le Club Social des Dames de l'Après-midi ne joue pas habituellement aux cartes au café le samedi ? demanda Toni, les bras chargés de plateaux de cake balls, en fermant la portière de la voiture d'un coup de pied.

— Habituellement, si, répondit Meg en poussant sa propre portière avec la hanche. Mais ça aurait été trop compliqué de faire la dégustation des gâteaux au Silver Spur.

C'était vrai. La cuisine du café était le territoire de Frank Carter. Ce type était bourru et hargneux comme un chien de casse et n'apprécierait pas qu'elle occupe ne serait-ce qu'un centimètre de son espace, sans parler d'entrer et sortir constamment avec tous les échantillons.

— Je te remercie d'être venue jusqu'ici avec nous.

— Puisque toi et moi sommes les seules personnes qui vivent vraiment en ville en ce moment, ça avait plus de sens que nous venions par ici plutôt que l'inverse. Comme tout le monde au pays de l'élevage, Toni tapota ses nouvelles bottes pour en faire tomber la terre avant d'entrer dans la maison. Depuis qu'elle avait accepté de rester à Tuckers Bluff pour quelque temps, Meg et ses nouvelles amies avaient commencé à la transformer de citadine en fille de la campagne modifiée. La première étape avait été l'achat de deux paires de jeans chez Sisters. Becky et Meg l'y avaient pratiquement traînée mercredi après le travail, et les Sisters s'étaient agitées autour d'elle en riant et en s'affairant, sortant paire après paire de jeans en denim. Pas de ces déclarations de mode ridiculement chères qu'elle aurait trouvées dans un grand magasin de Boston, mais le genre de jean de travail qu'un ouvrier de ranch porterait. Ces derniers jours, elle avait presque eu l'impression d'appartenir réellement au paysage texan.

D.J. descendait l'escalier principal au moment où les deux femmes passaient. D'un geste fluide, il enroula ses grandes mains de chaque côté du plateau et le fit glisser hors de sa prise sans ralentir ni manquer une marche.

— Tu ne devrais pas porter de plateaux lourds.

— Ils ne sont pas lourds.

Elle s'apprêtait à les reprendre quand il lui fit un clin d'œil et, le regardant s'éloigner, elle comprit qu'il se montrait obstinément protecteur en raison de sa grossesse. Cela n'aurait pas dû la surprendre ; jusqu'à présent, tous les hommes Farraday qu'elle avait rencontrés semblaient déborder de chevalerie, de bonnes manières et de cette courtoisie vieille école des cowboys.

Seuls Adam, Meg, D.J. et bien sûr Brooks étaient au courant de sa grossesse. Le reste de la ville, y compris M. Farraday et Tante Eileen, pensait qu'elle restait jusqu'à ce que la période de service de son mari à l'étranger soit terminée, et pour s'occuper en aidant Meg à préparer son commerce après la lune de miel.

— Comment vont les bottes ? demanda Brooks, debout face à elle.

— Tu avais raison. Elles me vont vraiment bien.

Elle n'arrivait toujours pas à croire que ces bottes à bouts pointus étaient plus confortables que ses chaussures de marche préférées.

Hier, Nora s'était sentie assez bien pour aller travailler. En utilisant une sorte de scooter pour reposer son genou, elle se déplaçait comme si elle marchait sur deux bons pieds, alors Toni était restée à la maison pour préparer les échantillons pour la dégustation d'aujourd'hui.

Brooks se pencha légèrement et, pendant un instant, elle retint son souffle, pensant qu'il allait peut-être l'embrasser.

— Comment te sens-tu ?

— Bien.

Si proche de lui, elle ne semblait pas capable d'aligner deux mots cohérents.

Il baissa la voix.

— Tu as l'air d'être à ta place.

— Merci ?

Elle n'en était pas tout à fait sûre, mais à en juger par son sourire, être à sa place semblait être une bonne chose.

— Hé, appela D.J. de l'autre côté de la cuisine. La pause déjeuner est terminée.

Brooks s'attarda un moment et, même en reculant, ses yeux restèrent fixés sur les siens jusqu'à ce qu'il se retourne et, plaçant son chapeau sur sa tête, suive son père et ses deux frères dehors.

— Où vont-ils ? demanda Toni aussi naturellement que possible, compte tenu de l'état de confusion dans lequel un simple regard l'avait laissée.

— Ils vont marquer et vacciner les veaux. Ce matin, ils les ont séparés de leurs mères. Ils se sont arrêtés pour déjeuner et maintenant ils retournent aux enclos, expliqua Tante Eileen qui séparait déjà les cake balls sur de petites assiettes. Combien de saveurs pouvons-nous choisir ?

— Je pense que quatre ce serait bien. Meg pencha la tête sur le côté. Tu ne crois pas ?

— Je trouve que c'est brillant de servir des cake balls au lieu d'un gâteau.

— Eh bien, dit Toni en rejoignant les dames au comptoir couvert de desserts, je vais quand même préparer un gâteau à découper.

— Un gâteau à découper ? répéta Ruth Ann.

— Quelque chose avec une figurine pour les mariés à découper et à se donner mutuellement. C'est une tradition à laquelle la plupart des gens tiennent.

— C'est vrai, dit Tante Eileen. Et c'est très gentil de ta part d'accepter de faire toute cette pâtisserie.

— Absolument, dit Meg en se tournant pour adresser un grand sourire à son amie. Je ne pouvais tout simplement pas me résoudre à faire venir quelqu'un de Butler Springs pour un gâteau de mariage et, bien que je sache que le gâteau de Frank aurait été correct, ceux-ci vont être fabuleux.

— Toc toc.

Sally May Henderson traversa la pièce, son berger allemand, Rabb, à ses côtés, la queue remuant à toute vitesse, le museau frémissant dans l'air, mais restant tranquille à côté de sa maîtresse.

— Vas-y, dit-elle au chien impatient. Reste juste loin des lapins.

Le chien bondit devant tout le monde et s'assit, la queue toujours remuante, à la porte de derrière, attendant patiemment que quelqu'un l'ouvre.

Meg s'écarta, gratta l'oreille de Rabb puis, tournant la poignée, ouvrit la porte et laissa sortir le chien impatient.

— Regarde-le galoper. Où va-t-il ?

— Jusqu'aux enclos, il vérifie ce qui se passe un moment, puis revient.

— Vraiment ?

Sally May hocha la tête.

— Ce n'est pas un chien de bétail, mais il aime penser que quand on rend visite, c'est son travail de garder les vaches à leur place.

— Sean dit que Rabb a de bons instincts. Difficile de perdre cette tendance à la garde qui a été intégrée dans sa race pendant tant de générations.

— Ça ressemble un peu à l'élevage au Texas.

Tante Eileen regardait par la fenêtre de la cuisine dans la direction où les hommes étaient partis à cheval.

— Même maintenant, ces garçons avec leurs propres vies et carrières, et pourtant quand les gros travaux arrivent, ils sont de retour ici un samedi à travailler au ranch.

— Ouais. Parfois, je me sens mal que Rabb n'ait pas un travail pour le tenir occupé.

Sally May sourit.

— À part veiller sur moi, bien sûr, c'est pourquoi il sera bientôt de retour.

Eileen leva les mains et les yeux au ciel.

— Et Dieu sait que te garder hors des ennuis est un travail à plein temps pour n'importe qui.

— Hmm.

Sally May ignora son amie de plus de vingt ans, mais Toni pouvait voir les sourires que les deux femmes cachaient. Elles connaissaient probablement les secrets et les péchés l'une de l'autre. Non que Toni puisse imaginer que Tante Eileen ait des péchés, mais quand même, elle aimait penser que si elle et Meg pouvaient rester en contact cette fois, peut-être, juste peut-être, ce serait elles dans vingt ans de plus.

— Bon.

Tante Eileen tapa dans ses mains.

— J'ai installé le jeu dans la grande salle. On peut utiliser l'ancien buffet pour tous les échantillons, comme ça on n'aura pas à faire des allers-retours.

Toutes les têtes dans la pièce hochèrent.

— Dès que Dorothy arrive, nous serons prêtes à commencer. J'ai aussi de la vraie limonade aux fraises sur le buffet.

— Ça me va.

Meg prit deux assiettes.

— C'est quelles saveurs ?

— Ça, c'est banane avec glaçage au caramel et chocolat avec glaçage à la menthe.

Toni prit une autre assiette.

— Celle-ci est l'une de mes préférées, amande avec glaçage au chocolat blanc.

La porte d'entrée s'ouvrit et Dorothy frappa sur la surface en bois dur.

— Désolée d'être en retard.

— Pas de souci, répondit Tante Eileen en prenant une pile d'assiettes en papier et des serviettes. Nous sommes en train de déplacer tous les échantillons vers le buffet.

Dorothy accrocha sa veste au portemanteau.

— Quel est le plan ?

— Où est Becky ? demanda Eileen en s'arrêtant pour regarder vers la porte.

— Elle voulait dire bonjour à Trigger, puis elle a prévu de retrouver Kelly et reviendra me chercher plus tard.

— Trigger ? répéta Toni.

— C'est le cheval d'Ethan, répondit Tante Eileen avec un soupir.

Toni regarda tour à tour Tante Eileen et Meg, mais c'est Dorothy qui répondit.

— Ma Becky est folle amoureuse d'Ethan depuis

l'école primaire.

Eileen hocha la tête.

— C'est l'une des meilleures amies de Grace, alors elle a passé de nombreux week-ends ici en grandissant, mais j'ai bien peur qu'Ethan ne la considère que comme une sœur de plus.

— J'espérais, commença Dorothy, que lorsqu'il s'est engagé chez les Marines, elle l'oublierait et passerait à autre chose.

— Elle dit que ce n'était rien de plus qu'un béguin d'adolescente, Eileen secoua la tête, mais elle s'illumine toujours quand quelqu'un prononce son nom. Je ne l'ai jamais vue sortir avec quelqu'un plus de quelques fois, et si je pouvais faire entendre raison à mon fils, je le ferais, parce qu'on ne trouve pas mieux que Becky.

— Amen, approuva Sally May, en subtilisant l'une des délices orangées.

— Mmm. Ce gâteau est si moelleux. Vanille avec un soupçon de… Je n'arrive pas à mettre le doigt dessus, et le glaçage à l'orange est si riche et… Qu'est-ce qu'il y a dedans ?

— Oh, sourit Toni. — Chacun a un différent-

— Ingrédient secret, la coupa Meg. — Et nous vous dirons ce que c'est après que vous aurez choisi ceux que vous préférez.

Sally May haussa les épaules et fourra le reste du gâteau rond dans sa bouche.

— Je suis vraiment contente que vous restiez un peu plus longtemps.

— Oh mon dieu, s'exclama Dorothy en tendant le morceau à moitié mangé recouvert de chocolat. — Qu'est-ce que c'est ?

— Mûre, sourit Toni. Meg l'avait convaincue de se dépasser et d'expérimenter de nouvelles combinaisons. Hésitante au début, craignant que personne n'aimerait ses créations, Toni se sentait maintenant vraiment heureuse. Alors que tant de choses avaient mal tourné dans sa vie ces dernières années, soudain, beaucoup semblaient aller dans le bon sens. Elle baissa les yeux vers ses bottes et sentit ses joues s'étirer davantage.

— Quelles sont les chances qu'on puisse convaincre ton mari de s'installer dans l'ouest du Texas ? demanda Ruth Ann en se servant un autre échantillon, et Toni sentit son souffle se couper.

Une fois de plus, elle baissa les yeux sur son achat de la veille, un cadeau de Brooks. Tournant son regard vers la fenêtre et contemplant les terres des Farraday, elle secoua la tête. Sur son cadavre.

Brooks n'était simplement pas dans son assiette. Jamais, durant toutes ses années à travailler au ranch, il n'avait été autant de fois frappé par des veaux qui se débattaient que ce jour-là.

— Tu perds la main, grand frère, lança D.J. en lui donnant une tape dans le dos. — Il n'en reste plus que quelques-uns. Pourquoi n'aides-tu pas Papa à charger les chevaux dans la remorque ? Finn et moi on va finir ici.

— Pas une mauvaise idée.

Il retira ses gants et les fourra dans sa poche arrière.

— Et ne va pas énerver une des juments et te faire piétiner ou quelque chose comme ça.

— Ha-ha, très drôle.

Brooks ne pouvait pas dire grand-chose d'autre. D.J. avait probablement raison. Sa tête n'avait cessé de rejouer la séance de shopping de la veille avec Toni. Pas une bonne idée quand on manipule quelques centaines de veaux pesant chacun plus de 90 kilos. Mais l'expression sur son visage quand ils étaient entrés dans le magasin d'équipement western ne l'avait pas quitté. Jamais il n'avait vu des yeux aussi brillants et écarquillés de surprise. Bien que cela ait parfaitement du sens. Combien de citadines ont l'occasion de faire des achats dans un endroit qui garde plus de cinquante selles en stock et en exposition, ainsi que suffisamment d'équipement western pour habiller tous les cow-boys de l'État ?

Jeudi, durant le déjeuner dans son bureau, elle lui avait expliqué que Sisters n'avait pas beaucoup de bottes de cow-boy convenables pour sa petite taille. Sans y réfléchir à deux fois, il s'était entendu proposer de l'emmener faire du shopping chez Murphy's Saddle Shop and Western Store juste à l'extérieur de Butler Springs. Avec Nora de retour pour une demi-journée vendredi et son emploi du temps déjà plus léger que d'habitude, il n'y avait pas de meilleur moment pour y aller.

— Tout est chargé, annonça Sean Farraday en verrouillant la remorque. — Sans ton aide. Où as-tu la tête aujourd'hui ?

À Butler Springs avec Toni n'était pas le genre de réponse que son père aurait appréciée.

— Il se passe beaucoup de choses. Désolé.

— Mmm.

Bien qu'emmener l'amie de sa future belle-sœur acheter de nouvelles bottes ne soit pas quelque chose pour lequel Sean Farraday réprimanderait son fils, laisser son esprit s'égarer souvent à penser à quel point ses fesses étaient belles dans ce jean moulant l'était certainement. Et il avait essayé de ne pas le remarquer. Quelques fois, elle avait été si adorable qu'il en avait même oublié qu'elle était aussi sexy en diable. Et considérant qu'elle était boutonnée jusqu'au cou et couverte jusqu'aux orteils, ça n'avait aucun fichu sens.

— Qu'en penses-tu ? avait-elle demandé, en baissant les yeux vers une paire de bottes très pointues qui ressemblaient plus à quelque chose appartenant à un lutin du Père Noël qu'à un éleveur.

— Si ton objectif est de te fondre dans le décor, ce n'est peut-être pas le meilleur choix.

En mordillant sa lèvre inférieure, elle baissa à nouveau les yeux et Brooks dut enfoncer ses mains dans ses poches et faire un pas en arrière pour éviter de l'attirer dans ses bras et de mordiller cette lèvre inférieure à sa place.

— Essayons celles-ci.

Elle avait jeté un coup d'œil au prix et avait secoué la tête.

— Fais-moi plaisir.

— Pas une bonne idée.

— S'il te plaît ?

Son visage entier s'adoucit et, ne montrant qu'une ébauche de sourire qui illuminait ses yeux bleu ciel, elle souffla un coup, s'assit sur le banc et échangea les bottes tape-à-l'œil façon sorcière de l'ouest contre la paire en cuir souple, de marque haut de gamme, avec une pointe modifiée qu'il avait choisie.

— Oh, wow.

Elle s'était levée, basculant d'avant en arrière. Puis, faisant quelques pas en avant et en arrière, elle leva les yeux vers lui avec un sourire rayonnant.

— Elles sont vraiment confortables.

Les bras croisés et appuyé contre la vitrine garnie de toutes les marques et tous les modèles de bottes imaginables dans presque toutes les couleurs sous le soleil, Brooks attendit encore un moment qu'elle se pavane dans l'allée et se convainque qu'elles étaient parfaites avant de dire quoi que ce soit.

Quand elle s'arrêta devant lui, le sourire avait disparu.

— Celles-ci coûtent trois fois plus cher que certaines des autres bottes.

Elle secoua la tête.

— Je ne peux pas faire ça. Pas maintenant.

— C'est moi qui invite.

— Je ne peux pas te laisser faire ça.

Une rangée parallèle de rides s'installa entre ses sourcils juste avant qu'elle ne s'effondre sur le banc et tire sur une botte.

— C'est absurde.

— Il y a une raison pour laquelle presque tout le monde dans ces régions porte des bottes. En plus du fait qu'elles restent chaudes dans le froid et sèches sous la pluie, elles sont vraiment bonnes dans la boue et la saleté et la poussière qui s'envole partout de Fort Worth jusqu'au Nouveau-Mexique.

— Peu importe.

Elle arracha l'autre botte.

— Je ne resterai pas assez longtemps pour avoir besoin de tout ça.

Même alors qu'elle les remettait sur l'étagère, ses doigts s'attardèrent un peu plus longtemps que nécessaire sur les gravures à la base des bottes beige moyen à petit talon. Elles étaient parfaites pour elle. Un peu d'art pour refléter la beauté du nord de l'Italie, une couleur neutre pour correspondre à son côté modeste, une fabrication de qualité pour le soin qu'elle méritait, et pratiques pour le vrai monde de l'ouest du Texas.

Brooks savait qu'il devait réfléchir vite. Très vite. Pour l'instant, tout ce qu'il savait, c'est qu'il voulait vraiment être celui qui aiderait à remettre ce sourire sur son visage.

— Je te dois quatre jours de travail.

— Oh.

Elle semblait surprise.

— J'aidais simplement.

— Oui. Et je l'apprécie beaucoup. Nora apprécie de ne pas avoir eu à s'inquiéter pour moi et mes patients, et elle chante pratiquement l'alléluia parce que, pour la première fois depuis des lustres, tous les tableurs sont équilibrés.

Il s'arrêta une seconde pour laisser ces mots pénétrer.

— Peut-être.

Son regard voleta vers les bottes puis revint.

Prenant un risque, il s'avança dans son espace personnel.

— Si tu as le droit d'aider, pourquoi n'ai-je pas le droit de dire merci ?

Une fois de plus, son regard se déplaça vers les bottes et vers l'étiquette de prix.

— Ça doit être plus qu'un salaire hebdomadaire.

Brooks haussa les épaules.

— Une bonne aide ne vient pas à bon marché. Et un travail bon marché-

— N'est pas bon.

Elle lui sourit.

— Mon père dit toujours ça.

— Alors nous sommes d'accord ? Je peux te les acheter ?

Il sentait qu'elle vacillait mais qu'elle n'avait pas encore quitté sa réserve.

— Un cadeau d'anniversaire en avance ?

Elle gloussa, regardant toujours les bottes.

— Pour Noël aussi ?

avait-il ajouté d'un ton joueur, puis attrapant son menton du bout de son doigt, il la fit se tourner vers lui.

— J'aimerais beaucoup que tu les aies pour te souvenir de moi.

Leurs regards se croisèrent, emplis de tendresse et de chaleur. Il la désirait plus qu'il n'avait jamais désiré quiconque ou quoi que ce soit dans sa vie. Son menton s'inclina malgré son doigt toujours en place et, se fichant complètement de qui était dans la boutique, qui regardait, ou de ce que quiconque pourrait penser ou dire, il baissa la tête et savoura la sensation de ses lèvres douces et souples contre les siennes.

— Quoi, tu prends racine ? demanda Finn qui s'était approché derrière lui et lui avait donné une tape sur l'épaule. Peu importe ce que c'est, secoue-toi, mec. Secoue-toi.

— Ouais, marmonna-t-il.

Quoi qu'il se passe dans les mois à venir, il y avait une chose dont il était absolument certain : il ne se débarrasserait jamais de Toni. Jamais.

CHAPITRE VINGT

— Qu'est-ce que… ? Sean Farraday s'arrêta net et ses quatre fils trébuchèrent derrière lui.

— Qu'est-ce qui se passe ? demanda Adam, son expression reflétant l'inquiétude gravée sur le visage de chacun des frères.

Sans les rires à fort décibel filtrant jusqu'à la cuisine, Brooks aurait cru que son père avait aperçu un cadavre. Ou deux. Manœuvrant pour se frayer un chemin, Brooks parvint à se glisser dans la pièce pour voir ce qui provoquait la réaction de son père. La cuisine semblait avoir subi une séance de pâtisserie de maternelle. Des plateaux, des bols à mélanger et un éparpillement de provisions couvraient la plupart du comptoir et de la table. Mais ce qui avait écarquillé les yeux de son père et de ses frères, c'étaient les bouteilles alignées près de l'évier. Bourbon, whisky, brandy. « Mon Dieu… »

— Eileen ? appela Sean en enjambant une flaque sur le sol.

— Je suis là, chéri.

Chéri ?

Une autre explosion de rires provenant du salon éclata, et Brooks et ses frères se tournèrent vers leur père qui, bouche bée, semblait tout aussi déconcerté par cette réponse.

— Avez-vous entendu celle du boulanger, du banquier et du fabricant de lits ? Dorothy abattit une carte sur la table. — J'en prends une.

— Ça dépend de ce qu'il fabrique dans son lit, répondit Eileen en distribuant la carte avant de sourire à son beau-frère. — Sais-tu quels sont les ingrédients secrets dans, elle eut un hoquet, la recette de Toni ?

Sean regarda par-dessus son épaule les bouteilles alignées près de l'évier.

— J'en ai une petite idée.

Sortant de la salle de bain du couloir, Toni se précipita dans la pièce.

— Je suis vraiment désolée pour tout ça. J'ai essayé de leur expliquer qu'elles ne devraient pas manger autant d'échantillons.

— Tu as mangé les… Brooks regarda les assiettes éparpillées où ne restait qu'une poignée de cake balls. — échantillons ?

— Bien sûr que non.

Toni leva les yeux au ciel.

— Full house, j'ai gagné.

Sally May posa toutes ses cartes face visible sur la table.

— Oh, pour l'amour du Seigneur. Pas encore Sally May, Meg doit encore recevoir une,

Eileen eut un nouveau hoquet,

— carte.

Mordillant sa lèvre inférieure pour cacher un sourire, Meg posa ses cartes face cachée.

— C'est bon. Je me couche.

— Je pense que ça va un peu loin pour un apéro, marmonna Finn à personne en particulier.

Sean fit volte-face.

— Je vais faire du café.

— Pas la peine, dit Toni en se tournant vers les hommes. — Je l'ai déjà mis en route. Il devrait être prêt dans une minute. J'ai essayé de nettoyer la cuisine, mais elles insistent pour que je reste jouer.

— À mon tour de distribuer,

Dorothy rassembla les cartes restantes devant elle et, d'un tour de poignet, envoya la moitié du jeu voler. Souriant d'une oreille à l'autre, elle haussa les épaules.

— Oups.

Se grattant l'arrière de la tête, Adam examina les femmes gloussantes et le désordre qu'elles avaient créé.

— Je croyais que les gâteaux étaient déjà prêts ?

Dorothy lança des cartes aux femmes autour de la table.

— Ils l'étaient, mais je voulais que Toni me montre comment on les fait.

— Après que la première fournée a été entièrement mangée, expliqua Toni, en classant ses propres cartes.

— Nous avons vraiment besoin de découvrir certaines des délicieuses saveurs qu'elle utilise, dit Eileen en rassemblant ses cartes une par une. Seuls les hoquets périodiques trahissaient son état d'ébriété. — J'aime beaucoup les boules Mimosa.

— Les boules Mimosa ? répéta Sean.

— Ce serait du gâteau au Chardonnay blanc avec un glaçage au Grand Marnier.

Toni sourit gentiment et haussa les épaules d'un air d'excuse.

— Habituellement, l'alcool s'évapore pendant la cuisson, mais cette fois j'ai expérimenté avec un peu d'imbibition supplémentaire après la cuisson. Je pense que c'était peut-être un peu trop.

— Tu crois ? marmonna l'un des frères derrière.

Le chien de Sally May était couché, pattes en avant, oreilles dressées, grognant vers la porte d'entrée.

— Qu'est-ce qu'il a ? demanda Adam en s'avançant prudemment.

— Oh, ignore-le.

Sally May agita une carte vers Adam.

— Il fait ça depuis quelques heures, par intermittence, depuis son retour des enclos. Probablement un serpent dans le jardin ou un renard dans le poulailler.

— Je te répète, dit Eileen en jetant deux jetons dans le pot, que nous n'avons pas de poulailler.

— Peu importe.

Sally May agita à nouveau sa carte et vacilla dangereusement au bord de son siège.

— Je ferais mieux de servir ce café, dit Sean en marchant vers la cuisine.

— Je dirais que tu ferais mieux de prendre une douche, lança Eileen en jetant deux jetons de plus dans le pot.

— Je crois que tu as déjà mis ta mise, dit doucement Toni.

— Ce n'est pas grave ma chérie, sourit Eileen. — C'est seulement de l'argent fictif. Et vous tous là-bas, vous puez comme un enclos à vaches. Soit vous vous nettoyez, soit vous rentrez chez vous empester vos propres maisons.

— Ça me rappelle, dit Dorothy en lançant ses jetons au centre de la table avant de commencer à chanter : — Il y avait un homme nommé Fred, qui restait toujours au lit, et petit à petit, ils se demandèrent pourquoi, ils découvrirent qu'il était mort !

— Oh, elle est bonne celle-là !

Sally May avait des larmes qui coulaient sur ses joues à force de rire.

D.J. se pencha vers son frère.

— Quel rapport avec notre odeur de bétail ?

— Aucune idée, haussa les épaules Finn. — Mais j'ai le sentiment que cette longue journée est sur le point de s'allonger encore. Je vais prendre une douche et m'occuper du café à mon retour.

— Je pensais rentrer chez moi pour me doucher, mais je vais me laver ici au cas où vous auriez besoin de moi, ajouta D.J.

— Quoi ?

Finn l'étudia.

— Tu ne penses pas que quatre hommes adultes suffisent à gérer quelques femmes éméchées ?

D.J. regarda d'un frère à l'autre, puis les femmes qui continuaient à glousser et à piailler autour de la table, avant de revenir au benjamin de la famille.

— Non.

De la poussière, de la terre et des kilomètres de néant. Pourquoi quiconque sain d'esprit voudrait-il passer ne serait-ce qu'une journée ici, sans parler d'y vivre, dans l'ouest du Texas ?

Les jumelles braquées sur les fenêtres de la grande maison de ranch, William suivait chaque mouvement de sa femme. Il lui avait fallu deux jours de voyage pour revenir à Boston depuis l'autre trou perdu maudit de Dieu. Antoinette pensait vraiment qu'il y était encore quand il l'avait appelée. Dans leur appartement, les papiers du divorce en main, il n'avait pas mis longtemps à localiser sa position. Ses hommes étaient très doués pour trouver tout ce dont il avait besoin ou envie.

Dormir était devenu secondaire. Arrivé à Dallas, plutôt que d'endurer un autre vol, même court, il avait conduit jusqu'à cette ville de dessin animé au milieu de nulle part et avait retrouvé sa femme. En train de travailler. Dans un cabinet médical. Et d'après ce qu'il pouvait voir, jouant aussi au docteur.

Qui pensait-elle tromper ? À acheter des bottes et des chapeaux et à jouer du pied avec le médecin de campagne. À trahir son mari devant Dieu, les clients — et lui. Il était temps de mettre fin à tout cela. Antoinette lui appartenait, à lui et à personne d'autre. Il avait fallu des années pour la façonner en l'épouse dont il avait besoin. Elle était à lui, et il allait la ramener à la maison, bon sang. Et tout comme Nancy, il donnerait à sa femme une leçon qu'elle n'oublierait jamais. Plus jamais une autre femme ne le trahirait.

S'approchant de la maison, il avait gardé un œil sur elle et les femmes folles avec qui elle était. Assez, c'était assez. Il voulait rentrer chez lui et dormir dans son propre lit. Il en avait appris bien assez. Presque arrivé au porche d'entrée, il avait entendu des voix masculines et s'était retiré derrière un arbre. Il n'avait pas peur d'affronter une pièce pleine de femmes, mais il n'était pas d'humeur à se mesurer à son nouveau joujou.

Bon sang, il était prêt à rentrer. S'il devait attendre encore plus longtemps, il le ferait depuis le confort de sa voiture de location. En faisant demi-tour, il entendit le grondement sourd quelques secondes avant de repérer l'animal gris et poilu, tapi au loin, grognant.

À mi-chemin entre lui et sa voiture, l'animal

s'approchait furtivement. Trop loin pour distinguer s'il s'agissait d'un chien ou d'un loup, mais assez proche pour savoir que les dents étaient acérées, les choix de William étaient limités. Grimper à l'arbre, ce qui même enfant ne lui avait jamais paru très attrayant. Foncer vers la voiture et risquer d'être déchiqueté. Filer à toute vitesse vers la maison — et sans surprise, affronter quatre cowboys adultes ne semblait plus aussi désagréable qu'il y a quelques instants. Après tout, Antoinette était sa femme. Il avait parfaitement le droit de la ramener chez eux. Qu'elle le veuille ou non.

— Rabb, qu'est-ce qui te met dans tous tes états ? demanda Sally May en se levant de la table de cartes.

Après avoir fixé la porte en grognant plus tôt, le chien habituellement amical était maintenant debout, grondant, aboyant et sautant vers la poignée de la porte.

— Bon sang, ce n'est qu'un petit serpent, poursuivit Sally May.

Avec un souffle exaspéré, Eileen se mit debout.

— C'est probablement encore ce maudit puma. La seule chose qui peut mettre un chien dans un tel état, c'est un renard ou un chat.

— Un puma ? répétèrent Toni et Meg en chœur.

Toni aurait dû se douter que s'ils se trouvaient au milieu de la nature sauvage, cela inclurait également toutes les créatures de Dieu. Même celles avec de grandes canines et de vilaines habitudes alimentaires.

— Je vais m'en occuper, dit Eileen en tournant une clé dans une grande armoire en bois pour en sortir une sorte de fusil.

Meg et Toni échangèrent un regard, pensant sans doute à la même chose. C'est un pays d'élevage. Avoir des armes n'était pas extraordinaire. Faire fuir de gros félins non plus, probablement. Mais quand même…

— Vaut mieux que je t'assure, dit Sally May en suivant

son amie, sortant une autre arme et, actionnant quelque chose qui fit un bruit de cliquetis, elle attrapa Rabb par le collier. — Ruth Ann, tiens Rabb, s'il te plaît. Je ne veux pas qu'il se bagarre avec un gros chat.

Immédiatement, Ruth Ann courut attraper le chien.

— Revenez vite, lança Dorothy. Les cartes refroidissent.

— Ne devrait-on pas appeler M. Farraday ? Ou peut-être simplement verrouiller les portes ?

Toni ne comprenait pas pourquoi elle était la seule à s'inquiéter de voir deux femmes à moitié ivres avec des armes chargées.

— Nan, répondit Dorothy, les garçons sont en train de se rafraîchir. Et puis, Eileen tire mieux que Sean.

Dorothy se pencha au-dessus de la table et s'empara de la dernière boulette de gâteau Mimosa dans le plat.

Le chien fermement retenu, côte à côte, Eileen et Sally May déboulèrent sur le porche comme deux flingueurs à l'OK Corral et Toni partit en courant vers la chambre d'amis où Brooks était allé prendre sa douche.

Elle n'avait pas réalisé à quel point un coup de fusil pouvait être bruyant. Le premier lui fit bourdonner les oreilles. Le deuxième, immédiatement après, provoqua des bruits de pas précipités au premier étage. Les troisième et quatrième coups retentirent et les hommes dévalèrent l'escalier. Cheveux dégoulinants et enveloppé dans une serviette, Brooks arriva en courant dans le couloir.

Dorothy posa ses cartes et, doigts entre les lèvres, lança un puissant sifflement de loup. Brooks s'arrêta net et Toni faillit avaler sa langue. Bon sang, ce mec savait comment porter une serviette.

— Prends ça, espèce d'intrus, jubila pratiquement Eileen avant de tirer un nouveau coup.

— Mais enfin, qu'est-ce que tu fabriques ?

Sean Farraday, encore dans ses vêtements de travail, fut le premier à arriver en bas et s'arrêta brusquement devant sa belle-sœur.

— Donne-moi ça.

— Ce puma est de retour.

Eileen lui tendit son arme et croisa les bras.

— Où ça ? demanda Sean en pointant le fusil loin de la maison tout en scrutant l'horizon.

— Qu'est-ce que c'est que ce bordel ?

D.J., en rentrant sa chemise, rejoignit son père, Finn sur ses talons. Adam, qui était dehors dans la grange pour vérifier un animal, traversa la maison en courant.

Un autre craquement retentit et Sean tourna brusquement la tête vers Sally May, qui pointait son fusil en l'air d'une seule main.

— Ne me regarde pas, je n'ai tiré que deux coups. C'était suffisant pour effrayer ce qui excitait tant Rabb.

Sean se retourna pour voir le chien en alerte aux côtés de Ruth Ann, oreilles dressées, queue immobile et crocs découverts.

— Tu es sûre que le puma est revenu ?

— Si tu me demandes si je l'ai vu, non.

Eileen pointa son pouce par-dessus son épaule.

— Mais Rabb a entendu quelque chose. Quelques coups en l'air feraient fuir même un ours si on en avait.

D.J. prit l'arme des mains de Sally May et suivit son père sur le porche. Sans dire un mot, Finn et Brooks se retournèrent et, prenant chacun un fusil dans l'armoire, se dirigèrent vers l'arrière. Adam arracha l'arme des mains de Brooks et regarda sa serviette nouée autour des hanches.

— Tu ferais mieux d'aller mettre un pantalon. Je vais vérifier la grange.

— Heureusement que vous n'avez pas de poulailler.

Dorothy était debout et prenait l'une des dernières boulettes de mûres au cabernet. Toni n'était pas sûre si pour la femme plus âgée c'était juste un jour ordinaire au ranch, ou si quelqu'un devrait peut-être lui confisquer les boulettes de gâteau.

— Ah zut, Eileen.

Sean abaissa son arme, les yeux fixés sur sa gauche.

— Sacrément chanceux que tu aies tiré en l'air. Et tu sais que ce qui monte doit redescendre. On a de la chance qu'il ne pleuve pas des balles sur nous.

Il pointa du doigt un grand arbre non loin de la maison.

— C'est juste un chien.

— Un chien ? marmonna Finn.

Toutes les têtes se tournèrent pour voir Rabb toujours solidement tenu par Ruth Ann. Adam rentra dans la maison et rangea soigneusement son arme dans l'armoire.

— Je ferais mieux d'aller examiner ce chien.

Sean acquiesça.

— On va devoir vérifier le reste des arbres aussi.

D.J. pointa une branche tombée à proximité.

— Si ces quelques balles ont suffi à faire tomber cette branche, quelque chose a dû pourrir l'arbre.

— La sécheresse pourrait y être pour quelque chose.

— Je croyais que la sécheresse était terminée.

Meg s'avança pour mieux voir.

— C'est le cas. Mais ça ne veut pas dire qu'il n'y a pas beaucoup de dégâts dans son sillage.

Adam embrassa sa fiancée sur la joue et la contourna doucement.

— Je dois y aller. Voir à qui appartient ce chien errant.

— Tu ne penses pas que…? lui demanda-t-elle.

— Chérie, ça fait des mois.

Il l'embrassa sur le front.

— Si j'ai besoin de ma trousse dans le camion, je te le ferai savoir.

Meg hocha la tête et Toni se plaça près de son amie. Elle voulait voir ce qui se passait de près, mais était encore un peu secouée par tous ces coups de feu.

— Je me demande, dit Meg en sortant sur le porche et en prenant place à côté d'Eileen et Sally May.

Restant près d'elle, Toni s'arrêta à côté de son amie d'université et regarda là où tout le monde pointait. Un animal de taille moyenne au pelage touffu fixait la branche d'arbre tombée, en grognant.

— C'est lui, dirent Toni et Meg à l'unisson.

— Lui ? D.J. se retourna.

— Le chien, répondirent-elles en chœur.

— Tu as déjà vu ce chien ? demanda Meg.

Toni acquiesça.

— La première semaine où j'étais ici. Il était dans la rue.

Brooks arriva derrière elle, posa ses mains sur ses épaules et regarda Adam qui s'avançait lentement, murmurant des mots doux au chien qui grognait.

— Oui. C'est bien lui.

— Tu l'as vu aussi ?

Meg regarda de son amie à son futur beau-frère.

— On pourrait dire qu'on s'est rencontrés à cause du chien.

— Vraiment ?

Meg haussa un sourcil puis reporta son regard sur Adam.

— On pourrait dire la même chose pour Adam et moi.

— Vraiment ?

Toni observa le chien.

— Il était si gentil la fois où je l'ai vu. Tu crois qu'il est plus blessé ? Que c'est pour ça qu'il grogne ?

Brooks serra ses épaules dans un geste réconfortant.

— Si c'est le cas, Adam s'occupera de lui.

Tous les yeux sur lui, Adam s'approcha à environ cinq ou six mètres quand le chien aboya une fois et recula d'une bonne distance.

— Oh non.

Toni s'élança.

— Il s'enfuit encore une fois.

— Attends. Laisse sa chance à Adam, la rassura Brooks.

Adam s'accroupit et appela le chien. Le gros toutou posa sa queue sur le sol et donna un autre aboiement. Lentement, Adam se redressa, fit quelques pas de plus et s'arrêta, puis, faisant plusieurs grands pas rapides, s'accroupit de nouveau. Mais cette fois, au lieu d'appeler le chien, il tendit la main, secoua la tête et lança :

— Houston, nous avons un problème.

CHAPITRE VINGT-ET-UN

La dernière chose que Brooks s'attendait à trouver sur le ranch était un cadavre. Il s'épousseta les mains et se redressa.

— Nuque brisée. Personne n'aurait pu faire quoi que ce soit.

— Mais qui diable est-ce ? demanda Adam, toujours accroupi, en regardant son frère. — Et que faisait-il caché derrière cet arbre ?

Avec Brooks qui s'était écarté, D.J. put enfin bien examiner le visage.

— Oh, merde.

— Comment ça, oh merde ?

Adam se tourna vers son frère.

— Avoir un cadavre dans notre jardin n'est pas déjà assez grave ?

— C'est le mari de Toni.

— Quoi ?

Brooks jeta un nouveau regard au type.

— Il est censé être au Moyen-Orient. Tu es sûr ?

D.J. hocha la tête.

— Ouais. Brooklyn m'a envoyé un rapport avec tout ce qu'il avait sur ce type, y compris une photo au format 20 x 25. C'est bien lui.

En se relevant, D.J. leva les yeux vers les branches qui surplombaient.

— Donc tu dis que c'est une branche d'arbre qui l'a tué.

— Officiellement, la cause du décès est une nuque brisée. Ce n'est pas un accident typique. Il faudra peut-être une autopsie pour confirmer.

— Attendez une minute.

Adam se tenait blotti avec ses deux frères, regardant la branche d'arbre déchiquetée.

— Est-ce que ça va poser un problème pour Tante Eileen ? Je veux dire, son arme…

D.J. secoua la tête.

— Ce n'est pas comme si elle lui tirait dessus. On est dans un ranch, on utilise nos armes. Dans des conditions normales, quelques coups de feu en l'air pour effrayer un animal n'auraient pas causé ce genre de dégâts. C'est une sorte de tempête parfaite. L'état de la branche, quelques balles, et cet enfoiré qui devait se tenir exactement au bon endroit.

Adam regarda autour de lui à la recherche de signes du chien.

— Je me demande si c'était lui ?

— Lui ? demanda Brooks.

— Le chien sur la route la nuit, ou le matin, où j'ai rencontré Meg.

— C'est vrai.

D.J. regarda également autour de lui.

— Il semble être doué pour disparaître.

— Entre autres choses.

Brooks baissa les yeux vers le cadavre et sentit un frisson glacé en pensant aux possibilités. Soudain, le futur ex-mari de Toni lui parut encore plus fou et dangereux qu'il ne l'avait pensé. La poursuivre à travers la moitié du pays. La traquer sur les terres de sa famille. Et depuis combien de temps la suivait-il ? Avait-il vraiment quitté le pays ? Qu'aurait-il fait d'elle ? Trop de questions horribles avec des réponses encore plus horribles.

— On ferait mieux de le déplacer dans la grange. Je vais appeler Andy. Il pourra le garder au frais jusqu'à ce que le médecin légiste puisse venir le chercher.

— On est sûrs que les dames vont bien ? demanda encore Adam.

— Encore en train de remettre en question ma parole.

D.J. lança un regard noir à son frère. Ça avait été presque une blague entre eux, mais en ce moment, pas vraiment.

— J'en suis certain. Rien à cacher ici. Je ferais mieux d'aller parler à Toni.

Brooks tendit le bras et saisit celui de son frère.

— Laisse-moi faire.

— Elle va devoir l'identifier.

— Je sais.

Brooks prit une longue respiration et retourna vers la maison. Ce n'était pas quelque chose qu'il attendait avec impatience.

Les premiers à l'accueillir au bord de la véranda furent son père et Finn.

— Qu'est-ce qui se passe ? demanda Sean Farraday.

— Les coups de feu ont touché une branche pourrie. Elle est tombée sur le mari de Toni. Lui a brisé la nuque.

Les yeux écarquillés, son père et son frère ressemblaient à des serre-livres en forme de hiboux assortis.

— Je vous expliquerai plus tard. Je dois lui parler.

À l'intérieur de la maison, Meg et Toni attendaient des nouvelles du mystérieux chien, les autres dames étaient retournées à table, bien que le jeu de cartes n'ait pas repris.

— Le chien va bien ? demanda Toni.

— Probablement. Dès que je suis arrivé, il s'est enfui, mais d'après ce qu'on a pu voir, il semblait en parfaite santé.

— Pas de boiterie ? demandèrent les deux femmes.

Brooks secoua la tête.

— Pas de boiterie. Mais il faut qu'on parle, dit-il à Toni.

— D'accord.

— En privé. Allons faire un tour à la grange.

Posant sa main au creux de son dos, il la dirigea vers la cuisine et appela sa tante.

— Je vais montrer les chevaux à Toni.

Il n'attendit pas sa réponse, il continua simplement à marcher.

— La grange est loin ?

— Pas trop. Suffisamment éloignée pour ne pas sentir les animaux, mais assez proche pour s'en occuper.

Une fois à l'intérieur, Brooks prit une couverture dans

la sellerie, l'étendit sur une pile de foin, la transformant en une sorte de banc.

— Assieds-toi.

— D'accord. Je suis assise. Qu'est-ce qui ne va pas ?

— C'est William.

Son front se plissa et il prit sa main froide entre les siennes.

— Il y a eu un accident.

Il n'y avait jamais de façon facile de dire cela.

— Il est mort.

Elle hoqueta et sa main libre vola jusqu'à sa bouche. Son regard scruta le sien, interrogeant la véracité de ce qu'il venait de dire, puis elle laissa échapper un long soupir.

— Que s'est-il passé ? Est-ce que quelqu'un d'autre est blessé ?

Brooks secoua la tête.

— Il n'était pas à l'étranger.

Les rides sur son front s'accentuèrent.

— Boston ?

Brooks secoua à nouveau la tête et serra sa main.

— Toni, il était ici. Probablement venu pour te ramener à la maison. L'arbre est tombé sur lui. Lui a brisé la nuque. Il est mort sur le coup.

— Tu es sûr ?

— Qu'il est mort ? Oui. Que c'est William ?

Il hocha la tête.

— D.J. l'a identifié, mais tu devras confirmer.

En silence, elle acquiesça et il passa en revue mentalement toutes les choses qu'il pourrait dire ou faire dans différents scénarios. Aucune n'avait de sens maintenant.

— Je devrais être triste. Ou au moins me sentir mal.

Elle ferma les yeux.

— Est-ce que je suis une personne horrible si tout ce que je ressens est du soulagement ?

— Non. Tu es humaine. William était un manipulateur abusif. Le soulagement est parfaitement normal.

Elle ouvrit les yeux et fixa leurs mains. Les secondes s'écoulèrent et elle jonglait avec un autre ensemble d'idées folles.

— Je vais devoir rentrer pour organiser les funérailles.

— A-t-il de la famille ?

— Oui.

Son regard se déplaça vers le couloir central et s'y attarda un moment.

— Je ne veux pas les voir. Je ne veux pas avoir à prétendre être une veuve éplorée.

— Tu n'as pas à faire semblant de quoi que ce soit.

— Je ne veux pas être irrespectueuse. Ça ne paraîtrait pas correct si je n'étais pas là. Je n'ai jamais aimé sa mère, mais quand même…

Elle inclina la tête et regarda dans le vide. Il ne pouvait pas commencer à imaginer ce qu'elle devait ressentir. Sa bouche s'ouvrit et se ferma, sans émettre aucun son. Quand elle lutta à nouveau pour trouver ses mots, il posa son doigt sur ses lèvres.

— C'est compliqué. Il y a beaucoup d'années entre toi et William. C'est normal d'avoir besoin de temps pour y réfléchir.

Toni prit une profonde inspiration puis l'expira lentement.

— Mais quand tu seras prête, poursuivit-il, je serai là pour ce qui suivra.

Son regard s'adoucit et elle lui serra la main.

— Je crois que j'aimerais ça. Beaucoup.

— C'est ta dernière chance. Pas de changement d'avis cette fois, sinon samedi tu couperas un gâteau industriel.

Les derniers jours avaient été un tourbillon de hauts et de bas pour Toni. Heureuse et en paix pour la première fois depuis des années, son séjour au Texas avait été paradisiaque. À l'exception du problème avec Charlotte Thomas, et même cela ne semblait pas si grave sachant que D.J. s'était impliqué et surveillait maintenant Jake attentivement. Et puis samedi est arrivé.

— Plus de changements. On opte pour le gâteau blanc,

le chocolat et celui à la banane. Mais es-tu absolument sûre de vouloir faire ça, Toni ? C'est une petite ville, repousser la date ne serait pas impossible.

Meg resta immobile, observant attentivement son amie.

— Absurde.

Elle et Meg avaient poursuivi cette conversation pendant des jours.

— Tes parents et amis de l'extérieur ont déjà pris leurs dispositions, tout le monde ici s'est démené pour préparer cette maison pour les invités, les gens de la tente sont programmés pour installer tous les lieux au ranch, et je pense que si tu fais attendre Eileen une semaine de plus, cette femme pourrait mourir d'anticipation.

— Tu as peut-être raison pour Eileen. Adam dit qu'elle rend tous les ouvriers du ranch fous depuis des semaines.

— Tu vois.

Toni poussa un soupir.

— Je vais bien. La mère et la sœur de William n'ont pas remis en question la conclusion du médecin légiste sur la mort accidentelle. Mauvais endroit, mauvais moment, ça arrive. Personne n'a mentionné mes cake balls ou l'arme de Tante Eileen. Sa famille a insisté pour s'occuper des arrangements, et en raison de l'autopsie et du transfert du corps depuis un autre État, les funérailles n'auront pas lieu avant la semaine prochaine. Tu vois donc qu'il n'y a rien à faire pour moi à Boston, et il n'y a aucune raison de reporter ta cérémonie de mariage.

Toni se remit à sa pâtisserie.

— D'ailleurs, tu n'aimais même pas William.

— C'est peut-être vrai, mais il semble quelque peu irrespectueux d'avoir une grande célébration de mariage dans la foulée de l'accident de samedi.

Regardant par la fenêtre de la cuisine, Meg prit une profonde respiration.

— Mais ce qui m'importe vraiment, c'est toi.

Laissant de côté le mélange à gâteau, Toni se retourna pour faire face à son amie.

— Je ne vais pas mentir, il se passe beaucoup de choses ici. Mais en ce moment, il n'y a rien que j'attends avec plus d'impatience que de te voir épouser l'homme de tes rêves.

— C'est mieux.

Meg rit et se tourna vers Toni.

— J'ai rêvé de Chris Hemsworth et Zac Efron… Adam les surpasse tous les deux haut la main.

— Ça c'est sûr.

Toni sourit à son amie. Et Brooks surpasse Adam et tous les autres haut la main.

— Toc toc.

Le cœur de Toni fit un bond en entendant la voix de Brooks. Il était resté à ses côtés pour l'aider à gérer ce désordre, pratiquement 24h/24 et 7j/7, sans pour autant se glisser dans son lit.

— Très bien, dit Brooks en posant le carton sur le comptoir avant de sortir la première bouteille. Sister a commandé du Grand Marnier et du schnaps au butterscotch en plus. Apparemment, Sissy adorait l'orange et Sister est fan de la banane et du butterscotch, et elles veulent s'assurer qu'il y en aura assez pour toute la soirée.

— Et probablement des restes à emporter.

Maniques aux mains, Toni sortit un plat tout chaud du four double.

— J'adore vraiment cette cuisine.

— Tant mieux, dit Meg en ramassant sa liste de tâches sur le comptoir d'en face et en la serrant contre sa poitrine. Parce que maintenant, tu n'as plus d'excuse pour ne pas rester et m'aider à lancer cet endroit sur de bonnes bases. Même des bases bancales seraient préférables à de la bouillie d'avoine instantanée et des gaufres surgelées.

— Tu peux faire mieux que ça et tu le sais.

— Peut-être, sourit Meg en se dirigeant vers la porte. Mais maintenant, on n'aura pas besoin de le découvrir. J'ai quelques appels à passer. Quand Adam arrivera, dis-lui que je suis dans mon bureau.

— Ça marche.

Brooks sortit du carton la dernière bouteille de liqueur que les sœurs avaient commandée pour Toni.

— Il te reste encore beaucoup de travail ?

— Juste une dernière fournée de gâteau à enfourner et

je pourrai appeler ça une journée.

Dos au mur, Brooks s'appuya contre le meuble et croisa les chevilles.

— Je pourrais te regarder cuisiner toute la journée.

— Oh, ça a l'air passionnant, dit Toni en versant la pâte dans le moule graissé.

— Tu as l'air en forme, dit-il en s'écartant du comptoir. Tu es incroyable.

— Ce ne sont que des cake balls.

— Ce n'est pas ce que je voulais dire.

Traversant l'espace en quelques pas, il ouvrit la porte du four pour elle.

— Tu as traversé tant d'épreuves et pourtant te voilà, avançant comme si c'était un jour comme les autres. Je m'attends constamment à ce que tu craques. À ce que tu aies besoin de moi pour te rattraper. Te soutenir. Mais rien. Tu es plus forte que tu n'en as l'air, Toni.

Il y a seulement une semaine, avoir Brooks si près d'elle l'aurait complètement déstabilisée. Aurait embrumé son cerveau et fait s'emballer son cœur.

— Il y a eu quelques jours cette semaine où je n'en étais pas si sûre.

Brooks attendit qu'elle ferme le four, puis vint se placer à côté d'elle.

— Tu ne continues pas à te blâmer, n'est-ce pas ?

Sa tête oscilla, allant d'un côté à l'autre, pas vraiment un oui, pas vraiment un non, même pas quelque chose entre les deux.

— Chaque jour, je me réveille en pensant qu'il y avait forcément quelque chose que j'aurais pu faire différemment. Que d'une certaine façon, c'est de ma faute. Si je n'avais pas demandé le divorce. Si je n'avais pas été lâche en attendant de le quitter quand il était absent. Juste une chose faite différemment, peut-être que...

— Toni...

— Non. Laisse-moi finir. Une fois que j'ai joué ce jeu de culpabilité parce qu'il est mort, je me secoue et je me rappelle que rien de tout ça n'a jamais été à propos de moi. Aucune femme n'aurait pu le rendre heureux. Normal. Pas même sa maîtresse.

Brooks grimaça. Toni était à peu près certaine que l'idée que William l'ait trompée dérangeait Brooks plus qu'elle-même, mais comprendre que William aurait facilement pu envoyer Toni à l'hôpital plutôt que sa petite amie était une réalité qui les avait tous deux frappés.

Légèrement, il passa le dos de son poing le long de son avant-bras.

— N'importe quel homme serait fier et honoré de t'avoir comme épouse.

Ces mots et ce toucher si doux, combinés à l'intensité de son regard fixé sur elle, firent galoper le cœur de Toni à pleine vitesse. Après tout ce qu'elle avait traversé, toutes les promesses qu'elle s'était faites de ne plus jamais faire confiance à un homme, comment un seul homme pouvait-il lui faire éprouver un amour si fort et si vite ?

— Oh mon Dieu.

— Quoi ?

L'inquiétude envahit son visage, son autre main se leva pour l'entourer de sa force. Pas pour la contrôler, mais pour la protéger, prendre soin d'elle, pour…

— Je t'aime.

Les mots s'échappèrent, sonnant aussi surprenants à ses oreilles qu'ils l'avaient été lorsqu'elle en avait pris conscience quelques instants plus tôt. Elle n'était pas infatuée, n'éprouvait pas seulement du désir, et n'était même pas en train de tomber amoureuse. Elle aimait cet homme jusqu'au bout des orteils. D'une façon dont elle n'avait jamais aimé personne auparavant, et quelle façon extraordinaire de le lui dire, debout dans la cuisine, couverte de farine et entourée de cake balls de mariage.

La surprise écarquilla ses yeux, puis lentement son visage se détendit tandis que son regard plongeait dans le sien, étudiant, examinant, cherchant la vérité. Elle sut qu'il l'avait trouvée quand les coins de sa bouche s'incurvèrent très légèrement.

— Je suppose que c'est une bonne chose parce que je suis tombé amoureux de toi au moment où tu as dit à ce chien errant que j'étais un grand méchant homme.

Cela la fit rire. Pour la première fois depuis des jours, elle se sentit légère, vraiment légère. Jusqu'à ce que sa bouche se pose sur la sienne, et cette fois avec une faim qu'elle n'avait jamais sentie chez lui auparavant. Une passion qui avait été contenue et qu'il était maintenant sûr de libérer et, Seigneur, comme son cœur battait et sa tête tournait. Elle ne pouvait pas le serrer assez fort contre elle ; pour la première fois, elle sentit la chaleur humide de la pointe de sa langue qui demandait l'entrée et elle voulait se fondre en lui.

La minuterie du four retentit et elle s'en moquait complètement. De longs doigts s'entrelacèrent dans ses cheveux et la maintinrent contre lui. La main sur sa hanche pétrissait et tournoyait, ajoutant à la chaleur qui montait en elle.

Des pas résonnèrent au loin, et Toni ne s'arrêta pas. Embrasser cet homme pour le reste de sa vie lui semblait être le meilleur plan qu'elle ait jamais eu. Et si c'était un rêve, elle ne voulait pas qu'il se termine.

L'alarme s'arrêta et une voix masculine profonde gronda au loin :

— Qu'est-ce qui se passe ici ?

Dans son esprit, Toni reconnut la voix d'Adam, et pourtant elle s'en fichait.

— Je me posais justement la même question, dit Meg tout près, probablement la raison pour laquelle les sons stridents de la minuterie du four ne remplissaient plus la pièce.

Faisant glisser sa main de ses cheveux le long de son côté, Brooks la posa sur son autre hanche et recula lentement juste assez pour que ses lèvres touchent à peine les siennes. Assez proche pour que son souffle continue d'attiser les flammes qui crépitaient en elle. Assez proche pour que seule elle puisse l'entendre.

— Je t'aime, Toni.

Adam s'éclaircit la gorge, et les pas de Meg s'éloignèrent de ce côté de la cuisine pour se diriger vers son fiancé.

— Allons-y, beau gosse.

— Mais…

— Pas maintenant, chéri. Ils ont beaucoup de choses à régler si Toni et moi allons devenir belles-sœurs.

— Mais…

— Vois les choses comme ça, dit Meg, sa voix s'estompant à mesure qu'ils quittaient la pièce. Une fois qu'elle se sera faite à l'idée, Tante Eileen sera ravie qu'il ne reste que cinq Farraday célibataires.

ÉPILOGUE

— Bon sang, mon vieux. C'est une cravate, pas une corde pour te pendre. Adam glissa son doigt dans son col et tira sur le nœud que Connor avait trop serré.

— Si tu faisais ta propre cravate… laissa entendre Connor.

— Je vais arranger ça. Brooks s'approcha de l'aîné des fils Farraday et ajusta la cravate qui complétait sa nouvelle chemise et son costume sombre.

Deux coups retentirent à la porte. — Prêts ou pas, j'entre. Grace, la benjamine de la famille, passa la tête dans la salle de préparation du marié. — Vous êtes tous prêts, messieurs ? Les invités vont arriver d'une minute à l'autre, Tante Eileen fait les cent pas comme un lion en cage, et Meg est probablement la première mariée de l'histoire de l'humanité à être prête en avance. Il est temps de passer aux choses sérieuses.

— Envoie une fille à la fac de droit et elle revient en tyran. Connor adorait passer quelques jours avec tout le clan Farraday. Même Ethan avait réussi à obtenir une permission pour le mariage.

Secouant la tête et levant les yeux au ciel, malgré sa coiffure élaborée, son maquillage et sa silhouette élancée, Connor ne voyait toujours en elle qu'une préadolescente pleine d'entrain exaspérée par ses frères aînés. — Tout ce que je sais, c'est que les placeurs feraient mieux d'être en bas avant l'arrivée du premier invité ou je ne serai pas responsable de ce que Tante Eileen pourrait faire. Affichant un sourire éclatant, Grace recula et ferma la porte.

— Tu n'as certainement pas besoin de nous tous pour nouer ta cravate. D.J. ajusta le nœud de sa propre cravate et saisit la poignée de la porte.

— Je viens avec toi. Finn suivit son frère. — À nous deux, on devrait pouvoir empêcher Tante Eileen de faire un infarctus.

— Il faudra plus qu'un petit mariage pour perturber Tante Eileen. Connor secoua la tête et emboîta le pas à Finn. — Mais juste au cas où…

Les quatre plus jeunes fils Farraday se rassemblèrent dans le vestibule de l'église. — Dis-moi, se pencha Connor vers le seul frère encore en service actif dans l'armée. — C'était de la corruption ou du chantage qui t'a valu un laissez-passer aux États-Unis ?

— Ni l'un ni l'autre. Le timing était parfait. Presque comme une arrière-pensée, Ethan afficha un sourire probablement destiné à rassurer, mais cela ne fit qu'inquiéter davantage Connor. Il avait été suffisamment longtemps dans les marines pour savoir que ce genre de coïncidences arrivait rarement. Quelque chose se tramait avec Ethan et les poils sur la nuque de Connor lui disaient que quoi qu'il en soit, les Farradays ne le découvriraient peut-être jamais, même devant un cercueil drapé du drapeau américain.

— Hé, pourquoi vous avez tous les deux l'air de gamins que votre père aurait surpris en train de lancer du papier toilette sur la maison des Rankin ? Becky Wilson se glissa hors de la petite pièce sur le côté de l'église où Meg et les autres demoiselles d'honneur étaient prêtes à remonter l'allée. Son regard s'attarda sur Ethan. — L'uniforme te va bien. Son sourire était immense et Adam avait raison, ses yeux brillaient toujours comme ceux d'une enfant avec son jouet préféré quand elle regardait Ethan.

Connor porta son attention sur son frère en grand uniforme des Marines. Ce type était peut-être un pilote brillant, mais c'était un idiot quand il s'agissait de Becky. N'importe quel homme tuerait pour qu'une fille le regarde avec une telle adoration. Surtout une personne aussi adorable que Becky.

— Attention. C'est parti. Ethan claqua des talons et se dirigea vers les imposantes portes en chêne, tendant son coude à Sally May. Les vannes étaient maintenant ouvertes. Comme si un coup de pistolet avait annoncé le début des festivités, les habitants de la ville affluèrent dans l'église, se répartissant également des deux côtés de l'édifice, amis de la mariée comme du marié.

Au moment où les frères s'alignèrent à l'avant de l'église avec le vieil orgue frappant les accords qui firent lever tous les invités, Connor se sentait presque aussi nerveux qu'Adam. Sauf que l'homme qui ne pouvait pas nouer sa propre cravate trente minutes plus tôt se tenait maintenant devant l'autel, rayonnant comme un phare sur une côte de Nouvelle-Angleterre. On ne voyait pas une once de nervosité, le regard du type fixé sur la beauté dans une robe blanche fluide donna la chair de poule à Connor.

À côté d'Adam, Brooks, le témoin, celui qui était chargé des alliances si importantes, celui qui aurait dû transpirer à grosses gouttes à cause de cette responsabilité, suivait des yeux Toni qui remontait l'allée devant Meg. Quelques mois et deux frères mis hors circuit. Et ces salauds avaient l'air plus heureux que Connor ne les avait jamais vus. Sans aucun doute, il reviendrait très bientôt en ville pour un autre mariage Farraday. Bien que dans ces circonstances, il soupçonnait que ce pourrait être un peu plus petit. Mais après tout, qu'est-ce qu'il en savait ? Sinon qu'il affronterait volontiers des dragons, combattrait des géants et ferait face à une bête sauvage à mains nues si cela lui apportait la femme idéale.

Extrait de

Connor – Bâtir son rêve au ranch

— Bon sang, Ralph.

Eileen Callahan, toujours la main sur la poignée de la chambre à l'étage, fit un pas en arrière.

— Quand es-tu entré dans cette pièce pour la dernière fois ?

Ralph Brennan, voisin du ranch Farraday depuis plus longtemps qu'Eileen n'avait fait partie de la famille, s'arrêta à côté d'elle.

— Je suppose que ça fait un moment.

— Un moment ?

Elle le regarda par-dessus son épaule. Elle parcourait les couloirs de l'étage de cette maison de ranch bien entretenue pour la première fois depuis le décès de Marjorie Brennan, survenu des années plus tôt. Tout semblait exactement pareil, y compris la salle de couture de Marjorie et la pile de tissus roses qu'elle avait utilisés pour confectionner la robe du troisième anniversaire de Grace. Prenant une profonde inspiration et avançant, Eileen examina les autres pièces à l'étage. Dépoussiérées et propres, Marjorie aurait été fière de lui. Le temps s'était figé dans la maison des Brennan.

— Je pense qu'il est temps.

Le sourcil d'Eileen s'arqua haut sur son front et, par respect pour cet homme de près de quatre-vingt-dix ans, elle s'abstint de lâcher les premiers mots qui lui étaient venus à l'esprit : Tu crois ?

— J'ai dit à Catherine que je la rejoindrais bientôt, mais que je devais d'abord mettre de l'ordre dans cette vieille maison. Je ne veux pas que des étrangers fouillent dans les affaires de Marjorie.

Eileen mit quelques longues secondes à se souvenir qui était Catherine — la petite-fille de Brennan. Elle ne l'avait jamais rencontrée, mais lorsque la femme de Ralph était décédée après une longue lutte contre le cancer, la petite fille avait souvent été au centre des conversations à la table de cuisine des Farraday.

— Tu vas voir ta petite-fille ?

Le sourire du vieil homme s'élargit.

— Oui. Elle est une avocate importante là où elle habite à Chicago. C'est trop difficile pour elle de venir à Tuckers Bluff, mais je lui ai dit que dès que j'aurais mis de l'ordre ici, je me rendrais chez elle pour une visite.

Eileen regarda le couloir. S'il voulait rendre visite à sa petite-fille avant le prochain millénaire, elle allait devoir appeler des renforts.

— J'aurai besoin d'aide.

Ralph Brennan plissa les yeux.

— Quel genre d'aide ?

— Des bras supplémentaires. Sinon tu ne verras pas Catherine avant longtemps.

— Je l'ai déjà vue.

L'homme sourit à nouveau à Eileen.

— Quand as-tu quitté la ville ?

Peut-être que le vieux bouc n'était pas aussi vif d'esprit que tout le monde le pensait.

— Je n'ai pas quitté le ranch. Je l'ai vue sur ce machin qu'elle m'a envoyé.

Machin ?

Ralph se retourna et descendit les escaliers. Eileen estima qu'elle en avait assez vu à l'étage et lui emboîta le pas.

Au bas des escaliers, il tourna brusquement à droite dans ce qu'elle savait être son bureau. La pièce contenait probablement des registres couvrant plus de cinquante ans d'activité du ranch Brennan — tous manuscrits.

— Ce truc.

Eileen rit, soulagée que le vieux bonhomme ne perde pas la tête.

— Une tablette.

Ralph haussa les épaules, puis afficha un sourire édenté.

— Elle est jolie comme un cœur. Elle ressemble exactement à sa mère quand elle sourit.

Il appuya sur un bouton et une photographie de ce qu'Eileen supposait être la petite-fille, maintenant adulte et avec un jeune enfant, apparut à l'écran.

— Elle est adorable. J'espère qu'elle viendra par ici un jour.

— Je ne sais pas. J'attends depuis presque un an que ça arrive et j'ai fini par abandonner. C'est là que nous avons décidé que ces vieux os devraient aller au nord si nous voulons nous voir. C'est mieux comme ça pour Stacey.

— La petite fille ?

— Sa petite fille. Mignonne comme tout.

Un rapide froncement de sourcils assombrit son regard.

— Qu'est-ce qui ne va pas ?

Eileen avança prudemment. Ralph n'était pas du genre bavard, alors elle savait que le seul moyen de découvrir ce qui assombrissait son humeur était de poser la question et d'espérer ne pas avoir marché sur un terrain sensible.

— Je ne sais pas trop. La petite ne sourit pas et ne parle pas. Catherine dit qu'elle est juste timide avec les gens qu'elle ne connaît pas.

— Beaucoup d'enfants sont comme ça.

— Peut-être.

Il expira bruyamment et se frotta les mains.

— Je n'étais pas très enthousiaste à l'idée de partir, mais maintenant que c'est décidé, je suis plutôt impatient d'y aller. Quand peux-tu commencer ?

— Je suppose que l'endroit le plus facile pour commencer est la salle de couture de Marjorie. Il y a beaucoup de gens en ville qui pourraient utiliser ces fournitures. Peut-être que nous recommencerons la tradition des courtepointes.

— Marjorie adorait faire ces courtepointes pour bébés. Rien ne la rendait plus heureuse que d'être avec des enfants. J'ai toujours pensé que c'était dommage qu'elle n'ait pas été mère d'une douzaine d'enfants, mais je suppose que le bon Dieu a pensé qu'un seul suffisait. Et tard dans la vie en plus.

Eileen lui sourit.

— Je suis sûre qu'il y a eu des moments où nous aurions été heureux de vous prêter un de nos garçons. Ou deux.

— Tu as bien élevé ces garçons. Tu en as fait de vrais hommes. Ça me fait chaud au cœur de savoir que cet endroit élèvera à nouveau des enfants Farraday un jour.

— À nouveau ?

— Mon arrière-grand-père a acheté cette terre au premier Farraday. Sa femme n'aimait pas vivre si loin de tout. Elle venait de quelque part dans le nord, Boston peut-être. Quoi qu'il en soit, elle avait du mal à s'adapter à la vie d'éleveur, mais l'isolement était le plus difficile pour elle. Craignant qu'elle ne perde la tête, il a vendu cette terre à ma famille à condition que la maison soit construite près de la limite de propriété. Ainsi, les dames pouvaient se rendre visite. Ça a bien fonctionné, car les deux femmes étaient des citadines.

— Je ne connaissais pas cette histoire.

Eileen se demanda combien d'autres choses le vieux bonhomme avait enfouies dans les recoins de sa mémoire sans jamais les partager.

— Il n'y a pas grand-chose de plus à dire. Les Farraday et les Brennan sont voisins depuis lors.

— Pas de querelles secrètes ?

taquina Eileen.

— Non.

Ralph changea de position.

— Pas même une dispute. Ma sœur Edna a failli s'enfuir avec l'oncle George de Sean. Ça a alimenté les commérages du village pendant des années. Edna n'avait que quatorze ans et elle et George s'étaient enfuis chez le juge de paix jusqu'à Butler Springs.

— Vraiment ?

Eileen devrait demander à Sean s'il connaissait cette histoire. Sinon, elle savait déjà quel serait le sujet de conversation lors de la prochaine grande réunion des Farraday.

— Jeunes écervelés. Deux ans plus tard, Edna a épousé

un des garçons Turner et a déménagé à Butler Springs. Finalement, ton oncle George a rencontré sa Martha et a déménagé dans son coin. C'est à peu près toute l'excitation qu'il y a jamais eu.

— Eh bien, ça a l'air amusant. Alors…

Eileen tapa dans ses mains.

— pourquoi ne trouves-tu pas quelque chose à faire pendant que je commence là-haut ?

— Si ça ne te dérange pas, c'est l'heure de ma sieste de l'après-midi. Je pense que je vais juste m'asseoir ici et regarder un peu la télé. Maria a laissé un pichet frais de limonade dans le frigo.

— Pourquoi ne pas t'asseoir pendant que je nous apporte deux verres ?

Ralph lui sourit.

— Tu es une bonne femme, Eileen. Tu as bien agi envers ta sœur, et maintenant tu fais de même pour ma Marjorie.

— C'est à ça que servent les voisins, Ralph.

Ce n'était plus souvent que le souvenir de la vie de sa sœur, interrompue si jeune, lui faisait encore aussi mal. Quelque chose dans cette maison où le temps semblait s'être arrêté rendait la douleur plus vive qu'elle ne l'avait été depuis des décennies. Eileen continua vers la cuisine démodée. Alors que la cuisine des Farraday avait été refaite juste avant son arrivée au ranch, celle des Brennan ressemblait au décor d'une sitcom des années soixante-dix. Le jaune moutarde dominait. Le seul signe du monde moderne était le micro-ondes en acier inoxydable caché dans un coin. Même le réfrigérateur était un ancien modèle à poignée, vestige d'une époque encore plus ancienne. Eileen n'arrivait pas à croire que ce fichu truc fonctionnait encore. Bien que, réflexion faite, cela ne devrait pas la surprendre. Le frigo venait d'une époque où les appareils étaient conçus pour durer toute une vie — ou dans ce cas, plusieurs vies.

Deux verres frais en main, Eileen retourna dans le grand salon.

— Voilà, Ralph.

Les yeux fermés et les lèvres retroussées en un sourire, elle ne voyait aucune raison de perturber son agréable rêve. Posant le verre sur la table à côté de lui, une étrange sensation lui parcourut l'échine. Son cœur s'emballa et elle observa de plus près ce sourire paisible.

— Ralph,

chuchota-t-elle, en tendant lentement la main vers lui.

Eileen pressa deux doigts à l'intérieur de son poignet.

Fermant fermement les yeux, elle déplaça ces mêmes doigts vers son cou.

— Oh, Ralph.

Lisez la suite de Connor – Bâtir son rêve au ranch, ou à prix réduit directement auprès de Chris.

RENCONTREZ CHRIS

Autrice de plus de cinquante romans contemporains, dont la série primée Aloha, Chris Keniston vit dans le nord du Texas avec son mari, ses deux enfants adultes et ses deux chiens.

Bien qu'elle aime ses chiens de la même façon, elle reconnaît avoir une affection particulière pour son berger allemand adopté. Après tout, même les chiens méritent une fin heureuse.

Vous pouvez en apprendre davantage sur Chris et ses livres sur : www.chriskeniston.com.

Suivez Chris sur Facebook à ChrisKenistonAuthor ou sur Twitter @ckenistonauthor.

Series: Sous le ciel des Farraday

Adam – La mariée disparue au ranch
Brooks – Tentation interdite au ranch
Connor – Bâtir son rêve au ranch
Declan – L'imprévu au ranch
Ethan – Un bébé au ranch
Finn – Une seconde chance au ranch
Grace – Rien ne vaut un chez soi au ranch

www.ingramcontent.com/pod-product-compliance
Lightning Source LLC
Chambersburg PA
CBHW021532150726
47990CB00006B/2201